賊徒、暁に千里を奔る

羽生飛鳥

角川書店

目次

装画／山中智郎
装丁／青柳奈美

……小殿がいふやう、「年來西國のかたにて海賊をし、東國にては山立をし、京都にては強盗をし、邊土にてはひきはぎをしてすぎゝつるなり。かゝる重罪の身をうけ候ぬれば、この世にても、やすき心候はず。夜もやすくもねず、晝も心うちくつろぐ事なし。世のおそろしく、人のつゝましきこと、かなしき苦患にて候なり。さても一期ことなくてあるべき身にても候はず。つゐには、さだめてからめいだされて、恥をさらし、かなしき目をこそ見候はんずれば、人手にかゝらんよりは、心とまいりて、かつは年來のつみをもむくはんがために、頸をのべてまいりて候なん」……

橘成季編著『古今著聞集』巻第十二　偸盗第十九　四四一「強盗の棟梁大殿小殿が事」

真珠盗

建保三年（一二一五年）二月某日の小殿

入日薄れて鶯がねぐらに帰り、東の空にはよい具合に月が出てまいりました。

今宵は美しい朧月となりそうです。そこで、簀子（外廊下）に出て一晩中篳篥（縦笛の一種）を吹き明かそうとしたところ、この賤家の門戸を叩く音が。

「どちら様でございますか」

「先日、新年の詩歌管弦の宴で一緒になった橘成季です。あの時、いつでもお話を聞かせて下さるとの言葉に甘えて、遊びに来ました」

朗らかな若者の声に、合点がいきました。

あの宴で、私は篳篥を吹き、橘成季様は琵琶を弾いておられました。

成季様は様々な話を集めて説話集を編纂するのが夢ということを差し引いても、たいへん気さくな方で、私のような物の数にも入らぬ老いた侍（この場合奉公人の意味）に、まるで昵懇の間柄のように接し、話に耳を傾けて下さいました。

別れ際、成季様から「説話集に加える話としてもっとお話を聞かせてほしいので、今度遊びに行きたい」と言われ、この時にはすでに旧知の仲のように親しくなっていた私は、成季様に我が家の在処を教えていたのでした。

「お待ち下さい。ただ今、お開けします」

私が庭に下りて門を開けると、成季様が心地よい笑顔で立っておられました。

年の頃は二十四、五ほどです。癖のない御容姿で、だからでしょうか、遠い昔の親しい誰かの面影と重ね合わせやすいのです。

「すみません。伝説の盗賊の棟梁、小殿として名を馳せたあなたのことを話したら、是非とも会いたいという方がおりまして。同席させてもよろしいですか」

「かまいません。老いの侘び暮らしに花が咲くというもの。喜んでお迎えします」

そう答えつつ成季様の後ろを見れば、二人の僧侶がおりました。

一人は、六十歳ほどの、飄々とした様子ではあるものの、どこか思案顔の老僧。

もう一人は、十五、六歳の年若い僧侶です。まだあどけなさの残る顔は、暗いと言うより、たいそう沈鬱でした。この若さで何があったのか、気になるところです。

「こちらは東大寺の仁王像など、数々の素晴らしい仏像をお作りになっている、仏師の運慶様。娘さんの越前さんに紹介してもらったのが縁で、知り合いました。もう一人は、さるやんごとなき方から、ここ最近ひどく塞ぎこみがちなので気晴らしさせるようにとお預かりしている僧侶の――」

成季様は、若い僧侶を見て少し考えこんでから、こう続けました。

「――仮に名前は、明けの明星といたしましょう」

素性を明かせないとは、きっと訳ありなのでしょう、この私のように。

ならば、こちらは受け入れるのみ。深く詮索は致しますまい。

「さようでございますか。さあさあ、暗くなる前にどうぞお上がり下さい」

客人三人様に我が家に上がってもらうと、私はいつもより灯明台を出して、灯りを増やしました。

たいしたもてなしができない分、せめて家の中を明るくするのが、こちらの真心というものです。

板敷の床にじかに座らせるに忍びなく、円座（藁を編んで作った座布団）を出して座っていただいたところで、運慶様が身を乗り出して向かいに腰を下ろした私を、しげしげと眺めまわし始めました。

「こいつは驚いた。注文されとる大威徳明王様のお顔を作るのに難儀しておったから、盗賊の棟梁だったおまえさんを見本にさせてもらえれば、さぞやはかどるだろうと思っていたんだよ。何せ、盗賊小殿と言えば、山へ行けば山賊、海へ行けば海賊、都に行けば強盗、辺土（僻地）へ行けば追剝を働き、数えきれないほどの人々を震え上がらせた大盗賊だったからねぇ。猛々しいお顔の大威徳明王様にふさわしい豪傑顔をしておるとばかり思っておった。しかし、美男の骨に老人の皮を張ったような顔ときたものだ。しかも、品すら備わっとる。おまえさん、本当に盗賊だったのかい」

こうもあけすけに言われると、ぶしつけを通り越し、いっそすがすがしいものがあります。

私は、苦笑しながら答えました。

「お疑いになるのも無理はございません。私はかつて、石清水八幡宮の稚児をしておりましたから」

稚児には、僧侶の寵愛を受ける者がいるだけに、美童が多いのは周知のこと。

私の素性を聞いて、成季様は納得がいかれたのか、さもあらんと言った顔で頷かれます。

「稚児がどうして盗賊になったの」

これまで黙っていた、明けの明星と呼ばれた年若い僧侶が、小さな声で訊ねてきました。

「稚児になる前は武士の子でしたが、亡き父から受け継いだ所領を、父の弟である叔父に奪われてしまいましてね。そこで、叔父が石清水八幡宮へ来た時に、こう――」

仏師と僧侶の方々の前で殺生の話をするのは気が引けます。私は、刀を振り下ろす仕草をして見せるだけに止めました。

「――当然、石清水八幡宮にはいられませんし、故郷に帰っても叔父の身内に殺されるだけです。そこで、石清水八幡宮を飛び出し、盗賊になったのです」

「おまえさんが盗賊で、しかも稚児だった頃に殺しをやったとなると、ほんの子どもの頃に叔父上を殺したことになる。ますます信じられんなぁ」

運慶様は、まだまだお疑いの御様子。

「では、私がまだ少年で盗賊になり立ての頃にやり遂げた、最初の大仕事の話をいたしましょう」

*

あれは、今から三十五年前になりますから、治承四年（一一八〇年）の晩春のことです。

その年の二月、今は亡き六波羅入道（平清盛）率いる平家一門の血を引く初めての帝（安徳天皇）が、赤子に毛が生えた程度の年なのに即位したことが、評判となっておりました。

晩春の頃も、都ではまだその噂で持ち切りだったことを覚えております。

私は、十五歳でした。

二年前に叔父を殺して石清水八幡宮を飛び出し、都に流れ着いてからは何人もの盗賊達の下で働き、盗みや殺しの技を身に付けておりました。

いつまでも下っ端でいることに甘んじる気がなかった生意気盛りの私は、どうにかして派手な大仕事をやり遂げ、都中の盗賊達に一人前の盗賊だと認めさせたいと、日夜功名心に駆られておりました。

そんな折です。

盗賊達の溜まり場となっている右京の廃寺の境内で、都中の盗賊達によって酒宴が開かれました。

夏の気配が日に日に強まってきた雨催いの空の下、盗賊達もその下っ端達も飲めや歌えの大騒ぎをしていると、こんな話になりました。

「白珠を知っとるか」

「おうともよ。たった一粒でも商船一艘の積み荷と同じ値打ちがあるお宝のことだろう」

ほんの若造だった私には、白珠なるお宝は初耳でした。

「白珠とはどのような物ですか」

私はお酌をしに来た態を装い、白珠の話をする盗賊達の輪に加わりました。

「知らぬのか。ごく稀に貝の中から出てくる白い珠だ。特にあこや貝から見つかることが多いので、別名あこやの珠とも呼ばれている」

「白いと言っても、ただ白いのではないぞ。乳のような白さの中に、薄紅や浅葱、紫などの七色の光沢を帯びておるんだ」

「形や大きさは様々だが、特に丸い形をしている物に高い値が付く。特に宋の商人達は、金に糸目をつけずに買い取ってくれるぞ」

盗賊達は、得意げに教えてくれました。

するると、私の後に話に加わった盗賊が、溜息を吐きました。

「その白珠をなんと、大豆ほどの大きさの物を九粒も持っている貴族がいるのだ。そいつは貴族の中では下っ端だが、平家一門に仕えているのでえらく羽振りがよくてな。大勢の武士をそろえて警固させておるのよ。おかげで何度盗みに入っても、追い払われるし、運がないと捕らえられて検非違使に突き出されちまう」

鎌倉から遣わされた坂東武者によって都の治安が守られている当世において、今の若い方々には信じられないことでしょうが、私が若い時分の検非違使は、平家一門の息がかかっておりましたので、今よりもずっと力があったのです。

特に、当時は六波羅入道の妻の弟である平時忠卿が検非違使別当（検非違使の長官）を務めておられたので、それはもう苛烈を極めておりました。

それまでは、盗賊が捕まれば、首に贓物（盗品）を下げて検非違使に引き渡され、罪の軽重によって首をはねて獄門にかけられるか、獄舎に繋がれる程度ですんだものでした。

ところが、時忠卿は違いました。彼は、まず捕らえた盗賊達の右腕を斬り落とさせたのです。そして、激痛に泣き叫び、悶え苦しむ者のことなど意に介さず、首をはねさせたのでした。

この仕打ちには、命知らずの盗賊達すら震え上がり、今では考えられないほど検非違使達を恐れていたのでした。

話は戻りますが、盗賊達は無念そうに話し始めました。

「なんだ。おまえも追い払われたくちか。俺もだ。何度盗みに挑んでも、あそこの屋敷はだめだ。警固が固すぎる」

「宝の在処はわかっているのに盗みに入れんとは、盗賊としてあれほど無念なことはない」

そう言って繰り返し白珠を持っている屋敷の名を挙げるので、私はどこにある誰の屋敷か知ることができました。

そして、白珠というのも、石清水八幡宮で稚児をしていた頃、社僧（神社に仕える僧侶）達が運んでいた経巻の軸に飾りとして付けられていた、美しい白い珠のことだと思い至りました。

あれは小豆ほどの大きさでしたが、それでも瞼の裏に焼きつくほどの美しさでした。

それが大豆ほどの大きさともなれば、その美しさは格別でしょう。

そうして、白珠のことを頭に思い浮かべるうちに、私はある妙案を思いつきました。

若気の至りで功名心に駆られていた私は、盗賊達へこう言いました。

「己ならば、上等な紙があれば、白珠を盗み取ることができます」

盗賊達の顔は、最初驚きに包まれておりました。次いで、驚きは嘲笑へと変わっていきました。

子どもが大言壮語を吐いたと大笑いし、まるで相手にしませんでした。

けれども、繰り返すようですが、十五の私は、怖いもの知らずです。

物笑いの種にされても、恥じ入ることなく、それどころか、笑いたい奴は笑わせておけ、馬鹿者どもには目に物見せてやろうと、かえって張り合いが出てきたのです。

「では、己が白珠を盗み出せるか否か、一つ賭けをしてみませんか」

盗賊になるような輩の多くは、賭け事を好みます。

私の申し出に、これまでろくに耳を貸さずにいた盗賊達の目つきが変わりました。彼らにとって、賭けは無上の楽しみだったからです。

「おもしろい。もしもおまえが見事に白珠を盗み出したら、わしは自分が持っている一番の宝をくれてやろう」

「そいつはいい。俺もその賭けに乗った」

賭けを楽しむためなら、普段は平気で下っ端のうわまえをはねる盗賊達さえ、約束を律儀に守り抜くようになります。何しろ、約束が守られなければ、賭けは成立しませんからね。

私は、これで白珠を盗むのに成功しても彼らからうわまえをはねられる懸念はなくなったし、それどころかもっと宝をたくさん手に入れられると、密（ひそ）かに胸を弾ませました。

「では、小童（こわっぱ）。おまえが白珠を盗み出せなかったら、何を差し出す」

「どうせ下っ端のおまえでは、たいした宝を持っておるまい」

盗賊達は、どうせ私が賭けに負けるに決まっていると、勝ち誇って下卑た笑いを浮かべました。

「ええ、仰（おっしゃ）る通りです。己の宝と言えば、いまだに自分がいた八幡様から持ち出した篳篥のみ。自らの力で盗み取った物に宝らしい物は何一つありません。ですから――」

私は、このように調子づいている連中に、後で吠（ほ）え面をかかせるのが楽しみだとほくそ笑みながら、威勢よく言いました。

「――己が盗みに失敗したら、あなた方の仕事を一生分け前なしで手伝うことを約束します」

「いいだろう。それで決まりだ」

「おまえは、他の下っ端の小童どもと比べて知恵が働くし、腕っぷしも強いし、足も速い。一生仕えてくれるなら、宝を貰（もら）うのも同然だ」

こうして、賭けが成立しました。

翌日から、忙しくなりました。

私は、経師（経文の表装をする職人）の家から紙を盗み出しました。

とても上等な紙で、胡粉という白い絵の具が塗られて光沢がありました。

「そんな紙で、どうやって白珠を盗むのだ」

盗賊達は、腹を抱えて大笑いしました。

私は相手にしませんでした。

やがて、五月雨の季節が近づいてきました。

世間では、四月の終わりに起きた辻風（竜巻）に家屋を倒されて大騒ぎでしたが、私はどこ吹く風で、その混乱に乗じて盗んできた衣や化粧道具を使って稚児に化けていました。

袖の両面に茨と雀が織り出された水干に、紫の裾濃の袴という、美々しい衣を身に着け、稚児や女しか履かない、藺げげという円形で周りに藺草か藁の端のような物が羽毛のように出ている履物を履きました。それから、髪に櫛を入れて丁寧に梳かすと、仕上げに白粉、頬紅、眉墨、口紅を駆使して化粧をしました。後は扇を片手に持てば、完成。

世の習いとして女が決して吹かない篳篥や笛の類を私が吹いている姿を見て、石清水八幡宮を訪れた人々が初めて私を男だと気づいたような、昔と変わらぬ﨟長けた美女めいた稚児姿です。

こうして見事に稚児になりすますと、私は白珠を持っている貴族と親しい寺の僧侶の使者のふりをして屋敷を正々堂々、日のあるうちに訪ねました。

貴族の屋敷は、なるほど、門の外から見る限りは、上流貴族の屋敷のような檜皮葺の屋根ではなく、下級貴族らしい茅(かや)葺の屋根でした。

けれども、門を通された途端、私は、さすが白珠を九粒持っている屋敷だと見直しました。

庭には雪のように白い砂が敷かれて百合(ゆり)や梔子(くちなし)の花が咲き乱れ、むせ返るほど甘い香りが鼻をくすぐります。池には船首に鳳凰(ほうおう)の頭(かしら)が付いた小船が優雅に浮いておりました。建物は、床も柱も鏡のようにきれいに磨き上げられ、見事な物でした。

私のような身寄りのない盗賊の下っ端が暮らす、路傍の屍(しかばね)や糞尿(ふんにょう)の臭いが漂ってくる立ち腐れした廃屋の縁の下とは雲泥の差です。

心の奥底では、白珠九粒を盗んでしまったら、この貴族は没落するのではないかと懸念していた私でしたが、この有様を見て没落はするまいと胸を撫(な)で下ろしました。

こうして、独りよがりな安堵(あんど)を得た後、私は屋敷の奥にある建物に通されました。

この間、何人もの人々が私に接しましたが、誰一人として怪しむ者はいませんでした。

それと言いますのも、初めに申し上げた通り、私は元々稚児でしたから、立ち居振る舞いで襤褸(ぼろ)を出すことが一切なかったからです。

おまけに、この家の当主と親しくしている僧侶の名前をもっともらしく出し、その方が新たな仏様を作るためのお布施を無心する使いとして振る舞ったので、誰もが私を本物の稚児だと信じて疑いませんでした。

屋敷の家司(けいし)（貴族の屋敷の家政を担当する者）は、僧侶の使いの稚児であると信じ、甘酸っぱく熟した梅の実までくれました。

さらには、世間話さえ始めたのです。

「きれいな子だねぇ。しかし、いつもの稚児はどうしたんだい」

「夏風邪で寝こんでしまいました」

「そうかい。そいつは気の毒に」

「それで、新入りのわたしめが使者の大役を仰せつかったのです」

「へえ。ところでおぬしは、どういう縁で稚児になったのだい」

毒にも薬にもならない退屈な世間話でしたが、好機到来です。

私は、少し思いつめた顔を作ってみました。

「今を去る三年前の安元（あんげん）の大火で焼き出され、家族の中でただ一人生き残った祖母と共にさ迷い歩いていたところ、先日その祖母も亡くなり、天涯孤独の身の上となりました。そこで困窮していたところ、上人様がお拾い下さり、稚児として使われる身となったのです」

安元の大火とは、都の三分の一を焼き払った、たいへん恐ろしい大火です。石清水八幡宮にも焼け出された人々が逃げこんできたので、当時は都にいなかった私でも知っていました。いまだかつてないほどの大火で、公卿（くぎょう）の地位にある貴族の屋敷は十四、都の民の家に至っては数えきれないほど焼け落ちました。ですから、私の偽りの身の上話はよくある話としてすぐに信じてもらえました。

「あの大火でおぬしの所も……。そいつは大変だったな。うちも妻の家が大火に巻きこまれ、妻の両親が亡くなったよ。とてもいい人達だったのに」

「まことに、火事ほど恐ろしい物はございません。一昨年には治承の大火があり、生前の祖母からは常々『大事な物が火事で焼けないように気をつけるんだよ』と言いつけられていました。あの頃は小家に暮らし、大事な物などないのに火の始末を念入りにしつける祖母を疎ましく思いましたが、こうして稚児となり、上人様にお仕えすることになった今、とてもありがたい教えであったと気づきました」

「よい祖母の教えだ。火事から大事な物を守るのは、家司として当主様の屋敷を預かり、切り盛りする身として、よくわかる。そうだ、よいことを教えて進ぜよう。まことに大事な宝は、蔵にしまわぬ方がよい。火事が起きて逃げ出す際に、わざわざ取りに行かねばならないゆえ、たいへん難儀するのでな。それよりも、塗籠(ぬりごめ)(納戸部屋)にしまっておくのがよいぞ。知っての通り、塗籠は四方に土壁があって明かり取りの小窓もないので、火に強い。これだけでも心強いが、寝殿の母屋の隣にある塗籠に大事な宝を置くとさらによいぞ。家司たる私の目も届けば、当主様の目も届くから、火事が起きればすぐに持ち出せるのでな」

家司は、私の狙い通り口を滑らせてくれました。

貴族の屋敷など、大小の違いはあれども、寝殿を中心に東西北のいずれかに対屋(たいのや)が付属していると、そらでも思い出せるように、どこもたいてい同じ造りです。

これで白珠がどこにあるのか、当たりが付きました。

私は、意気揚々と屋敷を後にしました。

それから数日後、屋敷で宴が開かれると聞いた私は、今こそ盗み時であると、喜び勇んで宴の晩に屋敷へ忍びこみました。

宴は南面の庭で催され、庭中に焚かれた篝火によって、昼のように明るくなっておりました。

おかげで、船首に鳳凰の頭が付いた小船に、楽人達が笛や太鼓を奏でながら乗って池を優雅に漂う姿が、夜にも拘わらず私の目にも見えました。

これまで私が知っている最も華やかで賑やかな宴と言えば、石清水八幡宮の行事の後に開かれる宴くらいでしたので、貴族の屋敷の宴は目を瞠るものがありました。

誰もがこの素晴らしい宴に夢中なおかげで、私は自分でも驚くほど容易に忍びこめました。

懐に藺げげをねじこみ、人けのない場所から天井裏へよじ登った時でさえ、誰にも見咎められなかったほどです。

天井裏は常夜のごとき闇に閉ざされていましたが、埃や蜘蛛の巣だらけであることが、臭いと手触りでわかりました。

しばらくその場にとどまり、両目を闇に慣らしたところで、私は足音を立てないように気をつける一方で、埃や蜘蛛の巣で衣が汚れることには頓着せず、塗籠を目指しました。

白珠さえ手に入れば、すぐにまた新しい衣を、それも今よりもずっと素晴らしく美しい物を買えると考えていたからです。

先程も申し上げた通り、貴族の屋敷の造りはたいていどこも同じです。

おかげで、私はすぐに塗籠の真上にまでたどり着くことができました。

しかし、すぐに塗籠に下りることはせず、まず周囲の物音に耳を傾け、人がいないか確かめました。

庭で行なわれている宴の、妙なる楽の音がかすかに聞こえてくるだけで、他には何も聞こえないとわかったところで、まずは屋根の内側に小さな穴を開けました。

茅葺の屋根は、茅の束を積み重ねて作られていますので、棒のような物で内側から強くつつけば、茅の材料である藁屑まみれになりつつも、小さな穴を開けることができるのです。

こうして小細工がすんでから、私は塗籠の中に下りました。

塗籠の外には灯りが灯されているのでしょう。壁と天井の隙間からかすかな光が漏れていました。

ほんのかすかな光でも、闇に慣れた目には昼の光も同然です。私は塗籠中を探し回り、ついに目当ての物を見つけました。

白珠は、黒漆塗りに金の梨地蒔絵が施された小箱にありました。

噂に違わず九粒。

縦に三列横に三列、絹の上に並べられておりました。

一粒で商船一艘分の積み荷と同じ値打ちのある、途方もないお宝に、ようやく到達できた時の感動は、今も鮮明に覚えています。

満月と螺鈿が一つに融け合ったように美しい白珠に見惚れ、いったいどれだけの時を塗籠の中で過ごしていたのでしょう。

不意に塗籠の妻戸が開いたではありませんか。

私も驚きましたが、妻戸を開けたこの屋敷の女房はもっと驚いておりました。

持っていた手燭（てしょく）（携帯できる照明具）に照らされた彼女は、恐怖と驚きに満ち溢（あふ）れ、反対の手で持った塗籠の鍵（かぎ）を私に突きつけてきました。

「だあれ。何者なの」

女房は私の返事を待たずに手燭を前に突き出すと、無遠慮に私の顔を照らし出します。

「見ない顔ね。体中に埃や蜘蛛の巣、おまけに藁屑なんかつけて。もしかして盗みを働こうと忍びこんできた不届き者ね」

鍵のかかった塗籠の中にいるのですから、当然すぐに彼女は私の正体を見抜きました。

けれども、ここでおとなしくしているいわれはありません。私は慌てふためくふりをしました。

「とんでもない。私は先日上人様の使いに来た稚児です。その時にお見かけした可憐（かれん）な女童（めのわらわ）を忘れられず、また会いたい一心で宴のどさくさに紛れ、梁（はり）から女童の曹司（ぞうし）（部屋）に忍びこもうとしただけです。だけど、間違えて塗籠に下りてしまい、外へ出ようにも出られず、途方に暮れていたところでございます」

恋に惑った愚かな稚児のように見せかけるため、私は弱々しく高めの声を作って話しました。

この偽りの哀訴に、よほど胸を打たれたのでしょう。女房は訳知り顔に変わりました。

「わかったわ。人を呼ばないであげましょう。けれども、念のため、調べさせてちょうだい。

ここには当主様の大事な宝がたくさん納められているからね」

女房は、塗籠の中にある灯明台に手燭の火を移して明るくすると、私が衣のどこかに盗品を隠してはいないか調べ始めました。

「何も隠してはいないわね……あら、これは何かしら」

私の衣や体を調べ上げた彼女は、私の持ち物を見つけ、取り上げました。

「細長い木箱と思ったら、篳篥をしまう管箱だったのね。あなた、篳篥を吹けるの」

「はい。それを吹いて彼女の気を惹こうと思って持ってきたのです」

「それからこの包みの中身は――」

「――餅餤（鳥肉や卵が挟まった餅）です。彼女にあげようと持ってきました」

ここへ盗みに入る前に、夕餉として近くの商人の家から盗んできた物ですが、これまた私は嘘をつきました。

「そう。念のため、この中も調べさせてもらうわよ」

女房は、管箱の蓋を横にずらして篳篥を取り出すなり、しげしげと管箱の中を調べました。

「別に何かを隠せる細工がしてある様子はないわね」

女房は、管箱に篳篥をしまい直して私に返すと、今度は餅餤を割り開いて中身を調べ始めました。

「特にこの中には入っていないようね」

そう言って割り開かれて形が崩れた餅餤を返して来たので、私は苦笑しました。

「そんな形になった物を返されても困ります。よければお召し上がり下さい」

「それもそうね。悪かったわ」

女房は包みごと餅餤を受け取ると、懐にしまいました。

「では最後に、念には念を入れて……」

女房は、私から目を離さず、用心しいしい白珠の入っている箱へ近づいていきました。

そして、小箱を手に取ると、灯明台のそばで蓋を開けました。

私は思わず息を呑みました。

瞬きするほどのわずかな時間だったかもしれませんが、当時の私には途方もなく長い時間に感じられました。

女房は蓋を片手に、白珠が確かに九粒そろって入った小箱を手にしたまま、私を見据えました。

「何もおかしなところはないわね。恋するのはいいけれど、瓜田李下の言葉があるように、疑われるような真似をしないように気をつけなさい」

「はい、これに懲りて、以後気をつけます。あの……何とぞ今夜のことは御他言無用でお願いいたします」

私はかすれがちな高めの声を作って、弱々しく懇願しましたが、心の中ではうまくいったので、嬉しくてたまりませんでした。

「もちろんよ。誰かに見られる前に帰りなさい。ああ、ちょっと待って。最後にまた調べさせてちょうだい」

塗籠を出たところで、女房はまたも念入りに私の衣と体はもちろん、持ち物を調べました。けれども、何一つ塗籠の中の宝物は出てきませんでした。

「これでいいわ。気をつけて帰るのよ」

「はい。この御恩は一生忘れません」

心にもないことを殊勝に言ってみせ、私は女房に一礼してから、いかにも恋心をこじらせた愚かな稚児のように、そそくさと背中を丸めて屋敷を後にしました。


後日、五月雨が続く頃、件の貴族の屋敷から白珠が盗まれたと都中で大評判となり、やがて噂は遠く離れた鎮西（九州）にまで届きました。

盗賊など珍しくもないことなのに、どうしてこの騒ぎが評判になったかと言いますと、第一に白珠という世にも珍しい宝が九粒いっぺんに盗まれてしまったからです。

そして第二に、白珠の入っていた箱の中は、くしゃくしゃに丸められた紙屑ばかりになってしまっていたという不可思議さもあったからです。

ではその頃、私はどうしていたかと言えば、盗賊仲間達との賭けに勝って手に入れた宝物を売って旅費に充て、交易の盛んな鎮西は筑前国の博多に来ておりました。

都の方々は、都こそ日本一美しい地だとお考えですが、それは都しか知らないだけのこと。

博多も、都に負けず劣らず大きな家屋敷が立ち並び、市場の品々はどの店も都より豊富な品ぞろえを誇っておりました。

さらには町にいながらにして、瑠璃(るり)色の海と白い砂浜を愛(め)でることができる、素晴らしく美しい景色もあるのです。

帆と呼ばれる竹や布でできた物を柱に付けた巨大な唐船が何艘も停泊しているさまは、まるで異国の眺めでした。

これでも、六波羅入道が交易の中心を大輪田泊(おおわだのとまり)に移したために往時の勢いを失っていたというのですから、驚くばかりです。

その博多ですが、見たこともない格好をして、聞いたこともない言葉を話している人々が大勢いました。

彼らが目当ての宋の商人達だと、私は一目でわかりました。

しかし私は、ここで初めて悩みました。

宋の商人達と、言葉が通じないのです。

言葉が通じないのでは、白珠九粒を私が望む値で売りつけることができません。

すると、運よく宋の商人達と対等に話している一人の男を見つけました。

彼が宋の商人達と話し終えたのを見計らい、私は跡をつけました。

この男は、博多を根城にする商人であり、漁師であり、海賊でもありました。

だから、私が都から来た盗賊だと打ち明けても、海賊の心で驚かずに受け入れてくれました。

そして、私が白珠一粒で宋の商人達の通詞(つうじ)（通訳）に雇いたい、商談がうまくいったらさらに一粒差し出すと頼むと、快諾してくれました。

それというのも、この時すでに彼も都で白珠が九粒盗まれた噂を知っていたからです。

「おいを通詞に雇うのはいいが、おいがおまえを裏切って白珠をすべて取り上げるとは考えなかったのかい」

快諾した後に、海賊は意地の悪い笑みを浮かべて私に訊いてきました。

「考えたとも。だが、その時は、白珠をつかんだあんたの腕を斬り落として取り戻せばいいだけのことだ」

私はもっと意地の悪い、ともすれば邪悪な笑みを浮かべて答えてやりました。

「まだ子どもかと思ったが、たいした胆力だ。気に入ったぞ。盗賊はこうでなければな。たとえ大宰府中が敵にまわっても、おいはおまえの仲間だ」

海賊は大笑いをして、私の背中を叩きました。

こうして宋の言葉がわかる海賊を味方につけた私は、彼が紹介してくれた宋の商人に白珠を七粒売り飛ばすと、噂に違わず彼らは一粒につき船一艘分の積み荷と引き換えにしてくれたので、笑いが止まらなくなっていました。

何しろ、商船七艘分の積み荷は、私が叔父から奪われた所領の一年間の実入りの二倍だったからです。

それほど途方もないたくさんの積み荷が手に入りましたので、私一人で都へ持ち帰ることはできません。

そこで私は先程の海賊に、彼の船で都まで積み荷を運んでほしいと頼みました。

海賊は、私のおかげで白珠を二粒も手に入れていたので、これまた快諾してくれました。

さて、七艘分の積み荷を都へ持ち帰るので、船も人手も必要となります。

そこで海賊は、自分の息子にも私の積み荷を都まで運ぶ手伝いをさせました。

息子は、私よりも少し年上の若者でした。

「おいのせがれよりも若いのに、こんなに荒稼ぎするとはたいしたものだ」

帰りの船の上で、積み荷にあった錦を宋の商人の着ていたのと同じ意匠の衣に仕立てて身にまとう私を見て、海賊が感心すれば、息子もいたく感心した様子で、目を輝かせて私にこう尋ねてきました。

「まったくたいしたもんだ。いったい、どうやって白珠を盗み出したんだい」

*

「まさにそれこそ吾（あれ）の知りたかったことだ。女房が見た時、確かにあった白珠をどうやって盗み出して紙屑を詰められたのだ。もしや、女房に見逃してもらってから屋敷へ二度目の侵入を試みて、その時に盗みに成功したのか」

初めて来た時の塞ぎこんだ様子はどこへやら。

明けの明星は興奮した顔で、矢継ぎ早に問いかけてきました。少し坂東訛（なま）りが出ているのが、御愛嬌（ごあいきょう）です。

「いいえ。私が屋敷へ盗みに入ったのは、お話をしたあの時一度きりです。あの女房に見逃してもらって出ていってからは二度と行っておりません」

「そうなのか……」

「私が白珠を見つけた後、しばらく見惚れていたと語りましたでしょう。その時に、私は盗みを働いたのです」

眉間に皺を寄せ、考えこむ明けの明星に助け舟を出したのですが、彼はまだわからない御様子。

すると、運慶様が膝を叩かれました。

「わかった。あらかじめ白珠が入っている小箱とそっくりの小箱を作り、中に紙屑を詰めておいたんだ。そして、女房が小箱の中身を確認した後で、素早く紙屑が詰められた小箱とすり替えて盗み取ったのだ。そうだろう」

「なるほど、その手がございましたか。この成季、とんと思いつきませんでした」

成季様が、感心されたように何度も首を縦に振っているところ申し訳ないとは思ったのですが、私はきっぱりと首を横に振りました。

「なるほど、確かに妙案でございます。もしも盗賊時代に今の運慶様の妙案を聞いていたなら、間違いなく私はその手を使わせていただいたでしょう。しかしながら、先程私がした話をよくよく思い出して下さいませ。私が屋敷を後にする直前、女房は私の衣と体を再び調べておりました。その際、何も怪しい物が出て来なかったからこそ、私は捕らわれることもなく、今もこうしてここにいるのでございます。すなわち、運慶様が考えつかれた方法とは異なる方法を用いて盗みを成功させたのです」

「へぇ。自分でもなかなかの妙案だと思ったが、違うのかい」

「はい。まず、私が屋敷に初めて入った時、白珠の小箱を見る機会はございませんでした。すなわち、白珠の入っている小箱とそっくりの小箱を作って用意することはできません」

「だが、たいてい宝の入った小箱なんて同じような物だ。黒漆に金の梨地の蒔絵が施されて手のひらに載るほどの大きさだから、簡単に作れるぞ」

運慶様は、よほど御自身の考えに自負がおありのようで、なおも食い下がります。

「運慶様のように類稀なる手先の器用さに恵まれたお方なら、できましょう。けれども悲しいかな、三十五年前の私は盗みと殺しの技こそ身に付けてはいるものの、篳篥が吹けるだけの凡庸な子どもにすぎません。細工道具を手に取ったことなど、ただの一度もないのです。見たこともない小箱を作る、それもほんの数日のうちに完成させるのは、到底無理な話でございます」

私の返事に、運慶様と明けの明星はそろって渋面を作りました。

何やら機嫌を損ねてしまったかと、こちらが心配しかけたところで、成季様が大きな声をお上げになりました。

「降参です、降参。運慶様にも明けの明星にも解けないとなれば、この成季には完全にお手上げです。どうか、答えを教えてもらえないでしょうか」

成季様は世にも情けない声で頼みこまれてきました。

運慶様と明けの明星は呆れて笑っておりますが、いえいえ、なかなかどうして。成季様は、お二方に恥をかかせまいと、自ら情けない役を買って出られたのです。

　このようなお気遣いができるから、成季様は貴賤を問わず、どなたからも好かれるし、また朋友となれるのでしょう。

　成季様のお心を無下にしないためにも、ここは何も気づかなかったふりをして応じるとしますか。

「承知いたしました。それでは、種明かしといたしましょう」

*

　海賊父子に、いかにして屋敷から白珠を盗み出したのかと問われた私は、上機嫌で答えました。

「白珠の噂を聞いた時、己は昔見かけた白珠を思い出した。そうして、ひらめいたのさ。胡粉が塗られて光沢のある上等な紙を真綿のようにほぐしてから丸めて糊で固め、乾いた後に鑢をかけて表面を滑らかにすれば、暗がりでは白珠に見せかけられるのではないか、とな。それから、白珠を盗みに下調べに行って白珠は塗籠にあると見当をつけた時、どこの塗籠も窓がない造りだから、昼でも薄暗いし、夜ともなればなおさら暗い。おまけに、白珠は宝物だ。塗籠から出すことはほとんどない。したがって、夜中に手燭の灯りだけで小箱の中身を確認しても、白珠が偽物にすり替わってようが絶対に気づかれないと読んだ。こうして、偽物と見破られるおそれがないと確信できたところで、次に盗みに入るまでの間に、盗んでおいた上等な紙を丸めて作った偽の白珠を作っておく。案外簡単だったぞ。その後、塗籠に侵入したら、すぐに本物と、あらかじめ作っておいた偽物とを入れ替える」

簡単と言いましたものの、実際は違います。

紙から偽の白珠を作るのは、至難の業でございました。

まず、紙を真綿のようにほぐしてから、芯（しん）になる紙の塊を丸めて糊で固めたのち、少しずつ真綿のようにほぐした和紙を巻きつけては糊で固めるのを繰り返し、最後の最後に、慎重かつ丁寧に、鑢をかけるのです。ひどく疲れる作業でした。

まことに、職人とは途方もない努力と辛抱を重ね、我ら盗賊が盗む宝を作り出すものだと、世の職人達へ畏怖（いふ）すら覚えました。

生意気盛りの鼻持ちならぬ子どもだった私は、そうした心の内を正直に語ることなく、自分を大きく見せたい一心で、海賊父子へ偽の白珠造りは簡単だったと称したのでした。

「紙を丸めて鑢をかけて、本当に白珠に見せかけることができるのか。たいしたものだ」

「だけど、偽物を作ってすり替えたとしても、どうやって盗み出したんだ。噂によれば、衣や体はもちろん、持ち物も調べられていたが、白珠なんて持っていなかったそうじゃないか」

海賊父子は、半信半疑といった様子でさらに問うてきます。

まだほんの子どもだった私は、この父子に限らず、世間の者達も誰も自分の盗みの手口を見破れていないので愚か者ばかりだと、驕(おご)り高ぶった笑顔で答えました。

「万が一見つかった時に備え、己はあらかじめ篳篥の筒の部分に黒い紙を入れて指穴から白珠がこぼれ出ないように塞いでおき、その中に九粒の白珠を隠すと、仕上げに中央がくぼんだ竹筒を栓にしたんだ。こうすれば、篳篥の中身が空洞のように見せかけられるし、中の白珠が外へこぼれ出ないから一挙両得の小細工だ」

「管箱ではなく、篳篥に白珠を隠しておいたのか。こいつは思いつかなかった」

「だが、さすがに大粒の白珠が九粒も隠されていたら、普通の篳篥よりも重いと女房は気づいたんじゃないのか」

父海賊が感心すれば、今度は息子の海賊が不思議そうに訊ねてきました。

「お忘れかな。世の習いで、女は決して篳篥などの笛の類を吹かない。当然、篳篥を手にする機会は少ない。だから、己の篳篥が多少重くなっていても、気がつかなかったのさ」

「では、塗籠に入る前に天井に小さな穴を開けたのは、どうやったんだ。それらしい道具の話が出てきていないぞ」

「天井に小さな穴を開けたのは、管箱を使ったんだ。あれは篳篥を入れるために細くて頑丈だから、棒代わりに使えるんでね。ちなみに、天井裏に穴を開けたのは、五月雨を迎えて雨漏りしやすくすることで、塗籠の中を湿気(しけ)させるためだ。こうすることで、紙で作った偽の白珠が、塗籠中に漂う湿気によって次第にほぐれ、元の紙屑に戻せるんだ」

「管箱も利用していたのか」

「稚児になりすますには、盗賊と見抜かれるような道具を持っていてはまずいからな。その点、管箱なら怪しまれずにすむ」

「だが、どうしてわざわざ偽の白珠だと気づかせる真似をしたんだ」

「貴族達を驚かせるために決まっているだろう。自分達だけは常に誰からも脅かされることなくのうのうと生きていられると思い上がっている連中の鼻を明かすくらい、楽しいものはないからな。そうだろう」

本当にこの頃の私ときたら、傲慢（ごうまん）でいけ好かない子どもでした。

妬み嫉み（ねたみそねみ）の塊で、裕福に暮らしていたあの貴族を、一面識もないのに憎んですらいたのです。もしかしたら、九粒の白珠を手に入れるのに、貴族がたいへんな努力をしたかもしれないとは、つゆほども考えつかなかったのですから、本当に浅はかとしか言いようがありません。

「そうして、白珠が盗まれたとわかり、地団太踏んで悔し涙を流す頃に、あの時途籠で己と出会った女房が己のことを思い出し、盗賊だったと気がついても、その頃には己は白珠を売りに都を出ているので捕まる心配はない。どうだ、おもしろい話だろう」

私の仕業と気づいた女房が、自分の至らなさに気がついて、どれほど心を痛め、自分を責め苛（さいな）んで苦しんだのか、そんなことすら、子どもだった私は考えもしておりませんでした。まことに、心苦しい限りです。

「もちろんだとも」

「胸がすく話だ」

海賊父子もなかなかの悪人でしたので、私の種明かしをたいそうおもしろがって聞いておりました。

こうして巨万の富を手に入れ、豪奢(ごうしゃ)な錦の衣に身を包み、得意満面で都へ帰ってきた私ですが、驚いたことに、この時、都は京から摂津国福原(せっつのくにふくはら)(現在の兵庫県神戸(こうべ)市)へ遷(うつ)っていたではありませんか。

貴族達の立派な屋敷があった所は、いくつも空き地となっており、京の都はまるでところどころ歯が欠けた櫛のように、みっともない有様となっていました。

後で知ったことですが、六波羅入道が都を京から福原へ遷すとお決めになられたので、平家に近しい貴族達は自分達の屋敷を福原で建て直すために解体して筏(いかだ)にすると、川を通じて福原へ送りこんでいたのです。

こうして忽然(こつぜん)と消えた貴族達の屋敷の中で、私が白珠を盗み出した貴族の屋敷もなくなっておりました。

あんなに美しく咲き乱れていた百合や梔子の花のあった場所には、黒々とした穴が開くばかり。むせ返る花の匂いなど、もうどこにもありません。かつての面影をかろうじてとどめているのは、池だけでしたが、手入れが行き届かなくなり、水草に覆われて嫌な臭いを放っていました。

都が根こそぎ盗まれたような光景に、私は六波羅入道こそ天下第一の大盗賊のように思え、白珠を盗み出しただけで有頂天になっていた自分が恥ずかしくなりました。

そこで心機一転、真人間になればよかったのですが、やはりこの頃の私はどうしようもない子どもでした。

福原の都にいる六波羅入道の耳にも届くほどの大盗賊になろうと、決心してしまったのです。

白珠を売って手に入れた積み荷を元手に、私は土地屋敷を買い求め、隠れ家をいくつか手に入れました。

一軒だけではないのは、検非違使どもに自分の住処を容易（たやす）く突き止められない用心のためでした。

都が福原へ遷された後も、平家一門の主立った武将達の何人かが都に留（とど）まり、都の治安を守るために検非違使どもを指揮していたからです。

ところで、隠れ家のうちの何軒かは、盗賊仲間達の誰もが心置きなく使える隠れ家にしました。

これは親切心や慈悲の心からの善行ではなく、これから大盗賊になると決心していたので、できるだけ盗賊仲間達からの人望を集めておきたいという、まったくの下心から出た行ないでした。

私の読み通り、ほんの子どものくせに白珠九粒を盗んだ生意気な小童と、陰日向（ひなた）なく盗賊達から囁（ささや）かれていた噂は瞬く間に消し飛び、代わりに、若輩者ながらも先達を敬うことのできる、末頼もしい新米盗賊と、広く盗賊仲間達の間で評価されるようになりました。

それから、新しい上等な衣や烏帽子（えぼし）はもちろんのこと、鎧（よろい）や刀、弓矢なども買い求めました。

たりないのは、私を一人前の大人だと世に知らしめるための元服だけです。

そこで私は、残りの積み荷をすべて、都中の人々から大殿（おおとの）と呼ばれて恐れられていた大盗賊に贈り、元服の時の烏帽子親になっていただきました。

私よりも六、七歳ほど年上なだけの、まだ年若い盗賊ではありましたが、私との賭けに負けた時、気前よく御自分の一番の宝である名刀を手放された器量の大きさと、私が烏帽子親になってほしいと頼みに行った時、手下達をあげて歓待の宴を開いてくれたのが決め手でした。

話は万事順調に進み、私の元服は、大殿の屋敷で行なわれることになりました。

元服当日は、白珠を見事に盗み出した新米盗賊を一目見ようと、多くの盗賊達が集まってきたのを今でも覚えています。

中には、新たな都となった福原で一仕事しようと思っていたのを考え直し、わざわざ私の元服を見物するために引き返して来た者もいたほどでした。

「いつかおまえも、都中の人々から呼び名をつけられるほどの大盗賊になれよ」

大殿やその他の盗賊達は、元服を終えた一人前の大人であり、盗賊になった私を口々に祝ってくれたのでした。

*

話を終えると、成季様達はそれぞれ異なる御様子を見せました。

まず成季様は、私の数奇な人生に驚き感心した様子でした。

明けの明星は若い人らしく、十五歳で盗みの大仕事をやり遂げた私に感心しきりの様子です。

けれども、私の心は複雑でした。

私の内心に気づいたのでしょうか。運慶様は炯々たる眼差しで見つめてきました。

何の変哲もない木から、その中に潜む神さびた仏様や雄々しい仁王様を見出し、彫り出されるだけあって、すべてを見透かすような強い眼差しとも言えます。

「おまえさん、うかない顔になったね。どうした。わしは今の成功譚を聞いて、おまえさんが本当に伝説の盗賊の棟梁の小殿だと得心がいった。それなのに、なぜ、そんな顔をするんだい」

恐ろしいまでに鋭い眼識です。

しかし、そのおかげで、私は心の内を打ち明けやすくなりました。

「この成功があったからこそ、私は愚かにも盗賊の道にますますのめりこみ、愚行を重ねて数えきれないほどの悪因悪果を生み出してしまったからです。例えば、盗みに入ったことを気づかれないために火を放てば、思いがけず火が大きくなって自分の隠れ家も貰い火で焼け落ちる。私が盗んできた馬に蹴られて腹の中の子ごと愛する妻が命を落とす。あるいは、追手から逃げ切ったばかりに、追手は私の朋輩を捕らえていったというように……。まことに悪因悪果とは恐ろしいものでございます」

「おまえさんの言う通りだ。そう言えば、小殿と並び称された伝説の大盗賊の大殿は、最後は検非違使に捕らえられて首をはねられていたっけか」

運慶様は、軽い調子で合いの手を入れます。ここで深刻な面持ちで言われるとかえって身を引き裂かれるほどつらく苦しかったので、運慶様の飄々とした物言いに救われました。

「はい。それもあって、私は、せめて自分の話を世に広めることで、多くの者達に悪行を思いとどまらせ、盗賊として積み重ねてきた数多くの悪因による悪果を、少しでも善果に転じたいと願っているのです」

私の心の奥底から、忸怩(じくじ)たる思いがこみ上げてきました。

「盗賊だった頃の私は浅はかにも、人が善行をするのは、所詮自分にもよいことが返ってきて得するのを望んだ、我が身かわいさによる行ないにすぎないとしか思っておりませんでした。ならば、我が身かわいさによる行ないならば、悪行とて同じこと。息を吐くように盗み、息を吸うように殺しを働き、欲に駆られて思うままに生きておりました。ところが、人が善行を行なうということは、我が身かわいさなどではなく、この世の営みを十全に動かすために必要な行ないであり、私一己の思惑(おもわく)に収まる程度の物ではないという、ごく当たり前のこの世の真理に遅ればせながら気づいたのです。いつか、己の身にこれまでの悪行の報いが来るのは受け入れるとして、私が考えなしにしでかしてきた悪因悪果が、私とは無縁の人々に降りかからぬよう、善果に変えていきたいのです」

「だから、私があなたの話を説話集に書き記したいと申し出た時、快諾してくれたのですね。そのような深い志があるとは思わず、過ぎし日の武勇伝を語りたいのだとばかり思っておりました。何ともお恥ずかしい」

　成季様は、真摯（しんし）に謝られました。

「いいえ。そのように思うのも無理はありません。かつて盗賊だった者達の多くは、功名心に駆られて武勇伝を吹聴するのが常の習いでございますからね」

　私が成季様に顔を上げていただいていると、明けの明星があどけない仕草で首を傾げました。

「小殿は、伝説の大盗賊であったことを恥じているようだが、なぜだ。数々の盗みを働いたのに、検非違使に捕まることなく、静かに暮らすことができている。それはつまり、小殿がしてきたことの中に善行が含まれていたからではないのか。例えば、叔父殺しは、都においては大罪にあたる八虐の一つ、悪逆罪だ。だが、吾の故郷においては、所領を奪った者を成敗したにすぎないから善行だ。その善因善果だったとは思わないのか」

　明けの明星は、今の私の暮らしを善行の結果、すなわち善果と思っているようです。これは説明が必要です。

「私が今、静かに暮らせているのが善因善果であれば、どれほどよかったでしょう。私がこのようにけっこうな暮らしができるのは、悪因悪果ばかりの自身の罪深さに恐れ慄（おのの）き、夜も眠れなくなってしまい、捕らえられて恥を晒（さら）すくらいならば、いっそ自分で決着をつけようと、当時の検非違使別当の屋敷へ自ら名乗り出たからでございます」

「それは、善行ではないのか」

「これまで自分のしでかしてきた悪行の報いを受けに行くのは、人として当然の行ないです。喩（たと）えるならば、自分が捨て損ねたごみを拾って片づけただけのこと。それは、至極当然の行ないであり、善行とは呼べません」

私の説明に、お年の関係で当時のことを知る運慶様は納得するように何度も小さく頷きます。

「思い出したぞ。そんな殊勝なことを言って盗賊が自ら検非違使別当の許へ名乗り出て捕らわれに来たのは、古今未曾有の出来事だったから、あの時は都中の評判になっておった」

運慶様は、来し方を懐かしむように中空を見つめます。

「……そうだったのか。だけど、どうして首をはねられなかったんだ。それこそ、善因善果だったのではないか」

明けの明星は、目を丸くして私を見つめました。子どもらしい率直な問いです。

「不思議に思われるのも当然です。他ならぬ私も、当時は不思議でたまりませんでした。ただ、検非違使別当いわく、自ら名乗り出て捕らわれに来た盗賊は前代未聞。先例がないので戦における兵の扱いに先例を求めたところ、帰降（降伏）してきた者は成敗しない決まりが当てはめられたのです。そのため、何ら処罰を下されず、それどころかこうしてさるお方の下で侍として働けるように手配していただいたのでした。だからでしょうか。私の振りまいた悪因悪果で数えきれないほど多くの人々が不幸になりましたのに、当の本人である私自身は何一つ悪因悪果による罪の報いを受けることもなく、けっこうな暮らしをさせていただいていることが、年を重ねるごとに心苦しくなってきたのです。そのような苦しみと、先程も述べたように悪因悪果の恐ろしさを実感したことも合わせ、こうして生かされているのは御仏のお導きと考え、残りの人生を、自分の悪因悪果を少しでも善果に変えることに費やそうと考えたのです」

私の話は、まだ年若い明けの明星には難しかったようです。完全に納得がいったようには見えませんでしたが、少しは伝わったらしく、考えこんだ顔になりました。

「おや。だんだん夜が深まってきました。これ以上長居しては失礼ですし、帰り道も危険になります。今日はここまでにして、次にまた来た時に別の話をお聞かせいただくとしましょう」

成季様が、外を見やりながら言いました。

「その時は吾もまた来てもいいか」

明けの明星が、我が家を訪れてから初めて、年相応の大きな声を出しました。

それはそれは、見違えるほど活気に満ち溢れた、よい声でした。顔からも沈鬱さがきれいさっぱり拭(ぬぐ)い去られています。

「もちろんです、明けの明星」

成季様が今宵私の許を訪れた理由は、二つ。

一つは、御自身の説話集に収録する話を私から聞くこと。

もう一つは、ここ最近塞ぎこみがちだった明けの明星の気晴らしをすること。

それが二つとも成就できたので、嬉しいのでしょう。成季様の声は弾んでおりました。

そこへ、運慶様の独り言(ご)ちる声が聞こえてきました。

「うん、おまえさんの顔。確かに、大威徳明王様にはむいておらん。だが、鎌倉殿(源実朝(みなもとのさねとも))から注文されておる釈迦牟尼仏(しゃかむにぶつ)像の顔の手本になりそうだ。苦悩の果てに悟りを開かれたお釈迦様。これだ。よしよし、腕が鳴るぞ」

運慶様もまた、声が弾んでおります。

とてもささやかなことではありますが、私の悪行の話が、この場にいる方々へ善果をもたらしたならば、それは私の悪因悪果が善果に転じたことを意味します。こんなに嬉しいことはございません。

ああ、十五の私に言ってやりたい。

心をまことに満たすということは、財物を得ることでもなければ、誰かを出し抜くことでもない、と。

「次にお越し下さる時を、また心待ちにしておりますよ」

心なしか、見送る私の声も弾みます。

「小殿。次は、おまえが叔父を殺した時の話を聞かせておくれ」

「こら、明けの明星。仏様に仕えているのに、そのような血腥(ちなまぐさ)い話をせがむものではないですぞ」

私が返事に困っていることを察したのでしょう。成季様は、子どもらしい無邪気さで僧侶にふさわしくない話を頼んでくる明けの明星を、すかさずたしなめてくれました。

「わしも次の話を聞きに来たいのはやまやまだが、今はお釈迦様をお作りするのが先だ。当分忙しくなりそうだ。一息つけたら、また顔を出させてもらうからな」

運慶様は、見えない鑿(のみ)と槌(つち)を手にしたような仕草をされながら、下駄を履かれました。

こうして三人は、来た時とは比べ物にならないほど愉快な様子で帰って行かれました。

私は、ほのかに光る朧月に照らされた夜道を帰っていく三人の姿が見えなくなるまで、見送りました。

彼らの姿は、まだ悪因悪果の暗い道の只中(ただなか)にいる私が、わずかな光明を見つけて善果を目指して進みゆく姿にも見えました。

顚倒（てんどう）

建保三年（一二一五年）四月某日の小殿

初夏の風になびく庭木の葉擦れの音を聞きながら、私は柱を磨き終えました。

見上げれば、薄紅と浅葱に二分された夕空が広がっています。

私は、掃除が間に合ったことに安堵しました。

今年の春から、若い友人の橘成季様が、これまた若い僧侶の明けの明星と、十日に一度は宵の口にこの賤家を訪れ、夜まで私の若い頃の話を聞きに来て下さるようになっていたからです。

今日は、その約束の日。いつもお二人は一日の仕事を終えてから我が家を訪れます。

そこで、二人がお越しになった時に少しでも快適に過ごせるよう、私は朝から家の掃除や食事の支度をしていたのでした。

かつて都中に名を轟かせた大盗賊小殿であった私の話に耳を傾け、成季様は説話集の種に、明けの明星は気晴らしにして下さるので、老いの一人暮らしに花が咲くというもの。

灯明台や吊り灯籠に火を灯し終え、よい汗をかいたと思ったところで、門戸を叩く音が。

しかし、いつもより、話し声が賑やかです。

昔の癖で門を開ける前に聞き耳を立てると、成季様と明けの明星の声の他に、年配の方々の声が二人分聞こえてきました。どちらも声音は違えども、知性と教養が高い方特有の悠然とした話し方をしておられます。これは、無礼があってはいけません。

私はいつも以上に腰を低くし、今宵の客人方を迎え入れました。

「こんばんは。すみません。今宵は急な客人方がお越しになりましてね。その分、お酒やお食事が足りなくなると思って、こちらでも用意してまいりました」

成季様は、申し訳なさそうに笑いながら、明けの明星と一緒に提子（銚子の一種。蓋とつるがある）と割子（弁当）を抱えておりました。

そのお二人の後ろに控えていたのが、急な客人方です。

一人は身の丈四尺（約百二十一センチ）ばかりの小柄な老僧でした。古希を越えたほどでしょうか。老いて穏やかな顔立ちであることに加え、眉から上の頭がとても長いので、仙人のような神々しさがありました。

もう一人は人並みの背丈をした、六十歳ほどの老僧でした。とても威厳のあるお方で、まるで絵に描かれた人物のように立派な鉤鼻をしておりました。

私は、成季様達がお持ち下さった割子を付けたし、二人の僧侶の分も配膳しました。

提子の中身を木椀に注ぐとそれは色と香りのついた水で、何だろうと訝しんでおりますと、小柄な老僧が茶という飲み物だと教えてくれました。

その後も支度を続ける私の耳に、小柄な老僧と明けの明星の話し声が入ってきました。

「亡くなられた弟君のことを思うと、いまだに胸が痛みます」

「そう仰っていただき、弟も草葉の陰で喜んでいると思います」

明けの明星には、ここ最近彼がひどく塞ぎがちなことを心配した、さるやんごとなき方が成季様に託し、私の許(もと)へ気晴らしとして話を聞きに来させているという経緯があります。

これまで、いったい明けの明星に何があったのか誰も語らず、ゆえに私もしいて訊(たず)ねずにいたのですが、弟を亡くしたからだと図らずもわかりました。

「御紹介が遅れました。今宵の客人は、海の彼方(かなた)の宋の国へ二度も留学した経験を持ち、今は亡き重源(ちょうげん)様から東大寺再建を引き継ぎ、先年焼け落ちた法勝寺(ほっしょうじ)九重塔の再建工事の指揮も執られた高僧の栄西(えいさい)様」

成季様はそう言って頭の長い僧侶を紹介すると、次いで鉤鼻の僧侶の紹介もしました。

「こちらの客人は、畏(おそ)れ多くも、前(さきの)摂政関白藤原忠通(ふじわらのただみち)公の御子息で、比叡山延暦寺(ひえいざんえんりゃくじ)を統率する天台座主(てんだいざす)に四度もなられた高僧の慈円(じえん)僧正様でございます」

思った通り、お二人とも本来ならばお目通りも叶(かな)わない高僧です。

よもや盗賊をしていた若い頃には、およそ考えられない出会いに驚いていると、栄西様が温和な笑みを浮かべて私を見つめてきました。

「改心した盗賊がいると明けの明星に聞き、まさにこれぞ御仏(みほとけ)の心と思い、死ぬ前に一度どうしても会っておきたいと、成季に頼んでついて来ました。会えてとても嬉(うれ)しいです」

お年がお年のため、「死ぬ前に」との御言葉が非常に重く伝わってきます。

すると、今度は慈円僧正様が厳かな声で話し始めました。

「まこと、武者の世と呼ぶにふさわしき当世、御仏の心を感じるのは難しい。しかしながら、改心した盗賊がいるとは、御仏がまだこの濁世(じょくせ)をお見放しになられていない証(あかし)。そんな御仏の心の証のごときおぬしを、我が天台宗から飛び出した愚僧がたぶらかしはしないか、用心も兼ねて会いに来た。明けの明星から聞いたところによると、その方は盗賊時代の話ばかりか、謎かけもするとか。今宵はわしにもその謎かけをしてはくれぬか」

慈円僧正様は、栄西様に対して含むところがおありなのか、当てこすりのような一瞥(いちべつ)をくれます。そう言えば、風の噂で聞きましたが、比叡山延暦寺の天台宗と、栄西様が新しく起こされた臨済宗は、とても仲がお悪いとか。

しかし、栄西様が慈円僧正様の棘(とげ)のある物言いを意に介した様子はございませんでした。

「謎かけは血腥(ちなまぐさ)い話になりかねず、僧侶である方々のお耳汚しになるやもしれないので、控えているのですが……」

「案ずるな。僧侶だから浮世離れしていると思っているだろうが、我らはこの血腥い濁世をおぬしより長く生きてきた。人の心の醜さ、あさましさ、残酷さは重々承知しておる。明けの明星にも、若いうちから濁世の有様を学ばせるよい機会。遠慮せず話すがよい」

「慈円僧正様の仰る通りです。盗賊であったあなたが、どのように生きてきて、今のあなたになったのか知りたいのです。是非ともお聞かせ願えませんか」

明けの明星と初めて会った日にした謎かけを、よほど彼は気に入ったのでしょう。まさかこのような高僧の方々にまで触れ回っていたとは、夢にも思いませんでした。

盗賊だった私に、二人の高僧がしきりに話をせよと促しになられるので恐縮しきりです。明けの明星を見れば、期待に満ちた眼差(まなざ)しを私に向けています。

僧侶の方々に、ここまでされては断れません。

「承知しました。では、畏れ多くも東大寺にて盗みを働いた時の話をいたしましょう」

*

今を遡ること二十年前になりますから、建久六年（一一九五年）の晩春のことです。

初代の鎌倉殿（源頼朝）が、数えきれないほど多くの武士達を引き連れて上洛しました。

これを知った都の民達は、鎌倉殿を見ようと六波羅にある鎌倉殿の邸宅へ殺到しました。

実はこの時、鎌倉殿は御台所（北条政子）と四人のお子を連れきておりまして、特に十八歳になる上の姫君が、ひょっとしたら帝（後鳥羽天皇）のお后になられるのではないかと評判にもなっていたからです。

当時、私は三十歳でした。

盗賊として一番脂が乗っていて、そして一番強欲でした。

遡ること数年前に、愛する妻と腹の中の子を亡くし、失うものがなくなったので、これからはその埋め合わせに、あらゆるものを奪い取って行こうと考えていたからでした。

言い換えれば、人として最も荒んでいた頃とも言えます。

そんな私でしたので、興味は鎌倉殿の姫君よりも、鎌倉殿が関東から携えてきた財宝の数々でした。

財宝は貴族や寺へ寄進するための物で、名馬や砂金がうなるほどあると噂で知った私は、いても立ってもいられず、鎌倉殿が都に到着したその日の晩に六波羅の邸宅に忍びこみました。大勢の武士達を引き連れているとは言え、大半が関東で育った者達ばかりです。都に詳しい者は数えるほどしかおりません。

そこに付けこんだ私は、貴族の使者のふりをして正々堂々門から六波羅の邸宅に上がりこみ、隙をついて館の中に侵入しました。

この慢心がいけなかったのでしょう。

見回りをしていた武士に見つかり、気がつけば館中を逃げ回る羽目になりました。都一の大盗賊小殿と謳われるこの私が、関東から来た武士どもに捕らえられるなど、面目が立ちません。私は必死で逃げて逃げて逃げ回り、気がつくと女ばかりのいる建物に迷いこんでおりました。

女の中に男がいるなど、雪原に烏がいるのと同じくらい目立ちます。しくじったと焦っておりますと、蔀戸が細く開いて、中から十一、二歳くらいの愛らしい少女が「こっちこっち」と、華奢で小さな手で手招きしてくるではありませんか。香をたきしめているのでしょう。手招きするたびに揺れる袖から、かぐわしくも優しい薫りが漂ってきました。

「捕まりたくないのでしょう。なら、ここへ隠れなさい」

年の割に大人びた口をきく子だと思いながらも、捕まりたくないのは本当なので、私は藁にもすがる気持ちで少女のいる曹司に逃げこみました。

少女は、身分の高い女性に仕える女童のようで、曹司には高貴な方が眠る時に使う帳台（天蓋付き寝台）や、衣などをしまう唐櫃がありました。

鎌倉殿の姫君は、上の姫君が十八歳で、下の姫君が十歳になると噂で聞いていたので、恐らくこの女童は下の姫君の遊び相手として仕えているのだと見当がつきました。

「窮屈かもしれないけれど、この中に隠れていて」

女童が私を唐櫃の中に押しこめて蓋を閉め終えたところで、武士達の怒号や足音が聞こえてきました。

「女房の皆様方、盗賊が侵入しました。こちらへ向かう影が見えましたが、怪しい者はお見かけになりませんでしたか」

武士達が、御台所や姫君達に仕える女房にでも確かめるのであろう声が聞こえました。

案の定、ここは御台所や二人の姫君がいる建物だったのです。

もしも、女童が私を騙していて、武士達に差し出すつもりで唐櫃の中に隠していたなら、おとなしく捕まるのは癪です。その時は最後の大暴れをしてやろうと、持っていた刀の柄をつかんだまま、唐櫃の中で息を殺していました。

盗賊が来たことに、女達が怯える声が聞こえてきます。

その中で、あの女童の声も聞こえてきました。

「それなら、庭を駆け抜けて塀を飛び越えて逃げて行ったわよ」

子どもが嘘を言うはずがないと、誰もが思ったのでしょう。

彼女のこの一言で、武士達は屋敷の外へと駆け出していき、集まっていた女房達も潮が引いたようにいなくなりました。

そして、唐櫃の蓋が開き、女童が心配そうな顔で私を見下ろしていました。

「もうみんないなくなったから、大丈夫。逃げるなら、今のうちよ」

捕まる心配がなくなったからでしょう。

私は、ふと疑問を覚えました。

「どうして己を助けたんだ。知っての通り、己は盗賊だぞ」

盗賊になって以来、盗賊以外の人間から助けてもらうのは初めてだったので、不思議でたまりませんでした。

「誰であれ、わたしの知っている範囲で人が殺されるのは嫌なの」

女童は、年の割にしかつめらしい顔をしました。

「だから、お願い。絶対に捕まらないで。何があっても、逃げ切って。あなたを待っている人の許へ帰ってあげて」

驚いたことに、この女童は、私のような悪虐無道の盗賊の命を惜しむばかりか、思いやってもくれたのです。

私は、すっかり毒気を抜かれてしまいました。

「あんた、いい娘さんだな。この恩、いつか絶対に返すぞ」

妻を亡くしてからは、私を思いやってくれる人など、もうこの世の中にはいないとばかり思っていたので、この女童の慈悲が心底身に染みました。

けれども、当時の私は呆れ果てるほど根っからの盗賊でした。

女童への恩返しを決意したのをきっかけに盗賊をやめてこれからは真人間になろうと思い立つのではなく、武士達に顔を見られてしまったので、当分都では仕事ができない、どこか遠くで盗みを働こうと考えていたのですから。

そこで私は、南都（奈良）で盗みを働くことに決めました。

ちょうどその頃、南都では平家に焼き討ちにされた興福寺も東大寺も再建落成して、活気が戻りつつあったからです。

道中、追剝をしながら路銀を稼ぎ、悠々自適に南都へたどり着いた時には、とても驚きました。

桜が美しく咲き乱れる中、威容を誇る大仏殿に感銘を受けたからではありません。

鎌倉殿と武士達もまた、南都へ来ていたからです。

まるで私を追ってきたかのように思え、内心の狼狽を押し隠しつつ旅人のふりをして南都の民にそれとなく探りを入れてみました。

すると、何てことはありません。

そもそも鎌倉殿が都へ来たのも、南都の東大寺の落成供養に参加するためだったのです。

私がただ、知らず知らずのうちに、鎌倉殿と同じ行程を移動していただけのことでした。

笑いたくなる私をよそに、南都の民はもうすぐ私達のいる道を鎌倉殿の行列が通り、牛車（ぎっしゃ）で鎌倉殿とそのお子達、御台所が通ると教えてくれました。

武士達に顔を覚えられている身としては、あまり長居したくないと思ったのですが、ここで断るとかえって怪しまれます。そこで、できるだけ顔を上げないようにして、群衆に紛れて鎌倉殿の行列を見物することにしました。

行列は、それはそれは見事なものでした。

先頭には、精悍（せいかん）な顔立ちの武士と、豪傑然とした武士の二人が馬にまたがり、その後を甲冑（かっちゅう）や狩装束、水干姿など、様々ないでたちの武士達の大行列が続きます。

その中に、牛車が三台見えました。

あいにく鎌倉殿とその若君、御台所のお姿は見えませんでした。

その時、意外なことが起きました。

御台所の牛車の物見（窓）から小さな手が出てきたかと思うと、道端にいた私めがけて、手のひらに載るほどの小さな紙包みを投げつけてきたのです。

牛車を護衛していた武士達は、あっと驚いた顔をしましたが、行列を乱すことはできず、そのまま歩き続けて行きました。

紙包みを受け止めると、女童のかぐわしくも優しい香の薫りが鼻をくすぐりました。

おかげで、紙包みを投げたのは彼女だと確信しました。

それから、物問いたげに私を見つめる周りの人々から詮索（せんさく）される前に、急いで人ごみから離れました。

そうして、一人きりになったところで紙包みをほどきました。

中にあったのは小石でしたが、包みの方には炭の欠片か何かで文字が書かれていました。

〈こんや東南院へきてください。たすけてほしいことがあるのです〉

思いがけず恩返しの機会が訪れたので、私は夜が来るのを待ち遠しく思いながら、東南院という建物はどこにあるのか、調べました。

すると、東南院とは東大寺の大仏殿の東南にある建物だとわかりました。鎌倉殿とその妻子がそこを宿所とするので、彼らに仕えるあの女童も東南院にいるのだと合点がいきました。

夜を迎え、私は人目を忍んで東南院へ侵入しました。

ここで捕まっては、女童に恩返しができないと肝に銘じつつ、私は慎重そのもので女童を捜しました。

このまま見つからないのではないかと不安になったところで、かぐわしくも優しい薫りが鼻腔をくすぐりました。薫りをたどって行くと、女童が人けのない東南院の廊の片隅にいるのを見つけました。私は胸を撫で下ろしました。

初めて会った時にはよく見る余裕がなかったので気がつかなかったのですが、女童はつぶらな瞳が愛らしく可憐でありながら、ひどく華奢で体が弱そうに見えました。

それなのに、私を助けるために、重い唐櫃の蓋を一生懸命開け閉めしてくれたのかと思うと、ますます恩返しを成し遂げたくなりました。

「ごめんなさい。急にお呼び立てして」

大人びた話し方で詫びながら、女童は私に頭を下げました。

「かまうものか。恩人の頼みなら、昼でも夜でもどこにいようが真っ先に駆けつけるさ」

私が言うと、女童はほっとしたように笑いました。とてもかわいらしい笑顔でした。

「ところで、己に助けてほしいこととは何だ」

私の問いに、女童はひどく思いつめた顔になりました。悪事になれていない者特有の表情です。

「盗んでほしいものがあるの」

「そいつはいい。盗んでほしいものがある時には、盗賊に頼むのが一番だ。それで、盗んでほしい物は何で、そいつはどこにあるんだ」

「冶葛という薬草よ。東大寺の正倉院にある貴重な霊薬なの。それを一握りだけ、盗んでほしいの」

東大寺の正倉院とは、私達盗賊の間でも評判の難攻不落の宝蔵です。

奈良に都があった御代の后（光明皇后）が、亡き夫（聖武天皇）の遺愛の品々を東大寺に奉納したそこには、数多の財宝が眠っていると盗賊達の間で語り草となっていました。

そしてまた、東大寺の中でも屈強の悪僧（武装僧侶）達が昼夜問わず警固しており、長の年月の間、数えきれないほどの数の盗賊達が盗みに入っては悪僧達に斬り捨てられて命を散らしたことも語り継がれていました。

驚きが顔に出てしまったのでしょう。女童は、不安そうに私を見上げました。

「難しいかしら」

「いいや、己ほどの盗賊なら、何ともない。ただ、聞いたこともない薬草だったので、どんな字を書くのかと思っただけだ」

せっかく私に信頼を寄せている恩人を失望させたくないので、私は嘘をつきました。

けれども、我ながらいい嘘だったので、そのまま話を押し通すことにしました。

「正倉院に納められているということは、きっと箱とかに名前が書いてあるはずだ。だが、どんな字を書くかわからないと、見つけるのに時間がかかってしまう。できれば、どういう字を書くか、教えてもらえないか」

「わかった。ちょっと待っていてね」

女童は、近くの曹司へ行くと、硯（すずり）箱から筆と紙を取り出して冶葛の二文字を書いて戻ってきました。

難しい漢字を読み書きできる少女はほとんどいないのに、きちんと書いてよこすとは、さすが鎌倉殿の姫君に仕える女童は教養があると、感心しました。

「こういう字を書くのか。ありがとうよ。しかし、薬草がほしいとは珍しい。親御さんが病気なのかい」

女童が書いた覚え書きを懐に入れながら、私が訊ねると、女童はまた思いつめた顔になりました。

「いいえ。わたしには、どうしても添い遂げたい方がいるの。だから、そのために、何としてでも、冶葛がほしいの」

十一、二歳ともなれば、ある程度の身分の家の娘には、縁談の一つや二つは来ます。

そして、この女童は見るからに体が弱そうです。

きっと、薬草を飲んで体を丈夫にしてから、好いた男の許へ嫁ぎたいのでしょう。

かわいらしくも微笑ましい彼女の願いを、私はこの身に替えても叶えてあげたいと決心しました。

「わたしは南都にはそう長くはいられないの。だから、できれば、早めに」

「いいとも。そうしたら、今夜みたいにここで待っていてくれ。必ずや早いうちにあんたの許へ届けるよ」

「ありがとう。これ、少ないけれど……」

女童は、おずおずと小さな布袋を差し出しました。

「中身は砂金。たくさんあったから、ちょっぴり持ってきたの」

鎌倉殿の砂金を盗んだことを悪びれず告白してきたこの女童を、私はますます助けたくなりました。

「恩人からお礼を貰(もら)っては恩返しになりやしない。それは、元あった場所に返しておくんだ。

いいな」

私は女童に優しく言い含めてから、夜の南都を駆け出しました。

もちろん、さっそく正倉院を下見するためです。

うまい具合に大仏殿が完成しておりましたので、私は人目を盗んで中門の塀を飛び越えると、畏れ多くも大仏殿の屋根によじ登り、噂で聞いた正倉院を探しました。

正倉院は、東大寺の大仏殿の北西寄りにあると聞いておりましたので、そちらの方を見ると、周りを壁に囲まれ、いくつもの篝火が焚かれている建物がありました。十数人ほどの人影が蠢くのが見て取れ、あれが警固の悪僧達だと察しがつきました。

そこへ、新たな黒い人影が駆け寄ってくるのが見えました。

人影は、悪僧達が見回りのために正倉院から少し離れた隙をついて接近していきます。

私はすぐに人影の正体が、盗賊だとわかりました。

同時に、頭の鈍い盗賊だと呆れました。

夜陰に乗じれば容易く盗みを働けると、後先考えずに運まかせで正倉院を目指しているのが、大仏殿の屋根から見ていてよくわかったからです。

思った通り、盗賊は正倉院にたどり着いた途端、正倉院の陰から現れた悪僧に捕らえられ、引きずり出されていきました。

篝火から遠ざかったために、盗賊がどうなったのか見えませんでした。

ただ翌朝、私がまた東大寺に来た時、大仏殿の北西にある転害門の近くの道端に男の首が晒されていたので、悪僧に処刑されたのだとわかりました。

　さて昼を迎えた頃、東大寺供養が間近に迫ってきていました。その時に立ち会おうと、多くの参拝者達が群衆となって東大寺の境内に入っていったので、私も便乗してその中に紛れこみ、正倉院へどうやって忍びこもうか考えがてら、下見することにしました。

　東大寺の周囲は、鎌倉殿が連れてきた大勢の武士達が警固していましたが、境内は東大寺の悪僧達が警固していました。

　袈裟頭巾（けさずきん）と墨染の衣に胴腹巻という簡素な鎧（よろい）を身に着けた悪僧達は、誰もが示し合わせたように片手に撮棒（さいぼう）を、腰には法螺（ほら）貝を下げていました。

　そして、一人が怪しい者を見つけると、ただちに法螺貝を吹いて仲間を呼び集め、瞬く間に怪しい者を寺の外へ容赦なく引きずり出してしまうのです。

　彼らは、群衆の中で行儀の悪い者達を怪しい者と考えているらしく、ごみを捨てたり、立小便をしたりする者達を取り締まっておりました。けれども、瓜（うり）や餅（もち）を歩き食いしながら酒を飲んでいる行儀の悪い仲間の悪僧には、見向きもしませんでした。

　そこへ鎌倉殿が東大寺を訪れ、馬千頭、米一万石、黄金一千両、上絹一千疋（びき）を奉加（ほうが）（神仏への寄進）しているのが見えました。

　噂よりも莫大（ばくだい）な財宝に、私は思わず食い入るように見てしまいました。

　群衆からは、どよめきが上がったほどです。

　けれども、意外なことに、悪僧達の間からは舌打ちが上がりました。

「東夷（あずまえびす）の棟梁（とうりょう）風情が、奥州平泉（おうしゅうひらいずみ）を攻め滅ぼして奪った財宝を献上したくせに、我らが東大寺の大檀那（だんな）（檀家）ぶりおって」

「東大寺の再建は、御仏との結縁（けちえん）を得ようと願った民が己の意志と善意で財物を奉加したもので、大檀那一人の力によるものではない。それなのに何だ、鎌倉殿は。さも自分一人が東大寺の再建に貢献したような顔だ」

「鎌倉殿が我が物顔なのは、それだけではないぞ。東大寺の警固にまで嘴（くちばし）をはさんできて、自分が連れてきた武士達に我らの東大寺を警固させておる。まったくもって面白くない」

「おまけに、明日の東大寺供養の時は、十年前の大仏開眼供養の時とは違って、結縁を望む民らを閉め出し、帝や貴族、武士達だけでするのだとよ。大仏再興のために勧進（寺への寄付）をしてきたのは、民とて同じだと言うのに横暴がすぎる」

　悪僧達の不満の声は、群衆の耳にも届き、明日の東大寺供養に参列できない悲嘆や無念の声がいっせいに上がりました。

　ただ私だけは、盗みに利用できる話を聞けたので、一人静かにほくそ笑みました。

　その日の午後、私は悪僧の衣や身の周りの品物一式を盗み出しました。

　境内を下見していて、数えきれないほどの悪僧達を見るうちに、本当のところ彼ら自身、あまりにも人数が多いために、誰が誰やらわかっていないかもしれないと気づいたからです。

　しかも、袈裟頭巾を被（かぶ）れば目元しか見えなくなるので、頭を丸めることなく、あっという間に悪僧になりすませます。

私はさっそく悪僧に化けると、試しに正倉院へ行ってみました。

「おい、戸締りはちゃんとできているか。鎌倉殿の連れてきた武士達に盗みに入られたら、己達の恥だぞ」

いかにも仲間のような口ぶりで、私は正倉院を警固する悪僧達へ声をかけました。

「言われるまでもねえ。この正倉院、遡ること百五十年以上も昔の長暦三年（一〇三九年）に中の銀を盗まれて以来、誰も盗みに入ってねえ。そして今は、この俺様が正倉院の鍵を預かっているんだ。武士達の好きにはさせねえ」

悪僧の一人が、私を怪しむことなく、左袖を叩きながら答えました。袖の中に正倉院の鍵を入れているのだとわかり、私は嬉しくなりました。

「頼もしい。その言葉が聞きたかった」

さも昔馴染みのような口をききながら、私は素早くこの悪僧に目を走らせました。

悪僧は誰もみな同じ格好をして見分けがつかないので、特徴を覚えたかったからです。

幸いこの悪僧には、左手の甲に炎のような形の赤痣がありましたので、すぐに覚えられました。

以後、彼を「赤痣」と呼びましょう。

それから、私は赤痣と一緒に、正倉院の周りを一周しました。

近くで見ると、正倉院はとても大きな倉でした。

正面は十丈（約三十・三メートル）余り、奥行きは三丈（約九・〇九メートル）ほどあり、高さは優に四丈（約十二・一二メートル）を超え、床下までの高さも一丈（約三・〇三メートル）弱はあるのです。

総檜造りの高床で、屋根は瓦葺き、左右は三角形の校木を組んであり、中央は厚板を組み上げた木の壁となっておりました。

朝廷が所有する蓮華王院（三十三間堂）の宝蔵よりも、数段大きくて立派なので思わず見惚れていると、赤痣が笑いました。

「初めて見たような顔をするなよ。毎日見ているじゃないか」

「なに、武士どもを見た後に拝んだから、治承四年（一一八〇年）の平家軍との戦いを思い出し、よくぞ大仏殿と一緒に焼け落ちなかったものだと、つくづく感心していたのさ」

「そうだな。もしも、今から百年前の嘉保二年（一〇九五年）に正倉院の南側にあった倉が火事で焼け落ちた跡が更地となってうまい具合に火除け地になっていなければ、大仏殿の炎が飛び火して一緒に焼け落ちてしまっていた。あの時は正倉院にまで火が来たら消そうと待ち構えていたが、とうとう炎はここまで来なかった。神仏の御加護ってのは確かにあるものだ」

私は怪しまれまいと、ごまかすために言ったのですが、赤痣は感慨深げに正倉院の前で足を止めました。

これを利用しない手はありません。私も一緒に足を止め、二人で正倉院を見上げました。

正倉院には、三つの扉がありました。

扉の錠はどれも竹の皮で包まれ、麻の紐で厳重に縛られて封印されていました。正倉院の中へ入るには、これらの封印を破るしかないので、盗みに入ればたちまちのうちに見抜かれてしまう仕組みとなっています。なので、冶葛を手に入れたら迅速に逃げるのが一番だと、私は盗みの段取りを決めました。

赤痣が、どの扉の鍵を預かっているのかはわかりませんが、もしかしたら一つの鍵ですべての錠前を開けられる仕掛けになっているのかもしれません。

最初は今夜のうちに盗みに入ろうと思っていましたが、手元が暗くては鍵がどの錠に合うのか確かめるのに手こずりそうです。

そこで私は、明日の東大寺供養に乗じて正倉院へ盗みに入ることに決めました。夜に盗みを働くのが盗賊の本分ですのに、昼に盗みを働いては「昼盗人」と言って理不尽の極みですが、当時の私はそういう決まり事に収まらない盗賊でした。

何よりも、できる限り早く、恩人の女童に冶葛を届けてあげたかったのです。

このように、私が珍しく殊勝な心がけをしていたのが天に通じたのでしょうか。

東大寺供養当日は朝から雨が降り、一時的には晴れましたが、正午を過ぎてからは大粒の雨が降って風が吹き荒れ、絵に描いたような嵐となりました。

嵐の日は人の目が遮られるので、盗賊にとって好天です。

私は何食わぬ顔で悪僧に化け、東大寺供養の警固に加わりました。

面白いもので、悪僧の格好をしていると、誰も私のことを怪しみません。

私はまず、大風雨の中でも東大寺の周囲を微動だにせず警固している武士達の前で、聞こえよがしに悪口を言い始めました。

「奥州平泉を攻め滅ぼして富を略奪し、それをさも自分の物のような顔で奉加してきた大盗賊の親玉の手下風情が、我らが東大寺を守るとは汚らわしい」

武士達の顔は、鬼神もかくやと思えるほど憤怒（ふんぬ）の形相に変わりました。

それから、東大寺の境内を警固していた悪僧達へは、切々と訴えかけました。

「おまえら、聞いたか。東夷どもが、我ら東大寺の悪僧が腰抜けだから、平家の焼き討ちの際にむざむざと大仏様を焼かれてしまったんだと嗤（わら）っていたんだ。己はとても悔しいよ」

悪僧達は、武士達よりも血気盛んでした。いっせいに法螺貝を吹くや否や仲間達を呼び寄せ、警固の武士達が最も集まっている南大門（なんだいもん）へ押し寄せて行ったのです。

武士達と悪僧達の睨（にら）み合いが始まると、今度は正倉院まで駆けて行きました。

「法螺貝の音が聞こえなかったのか。南大門で武士達が暴れ出した。助っ人に来てくれ」

私の呼びかけに、正倉院を警固していた悪僧達が、いっせいに南大門目指して走り出しました。

私はその中にいた赤痣を見つけると、すぐに駆け寄りました。

「すでに一人、武士達に斬られた者がいる。おまえが来れば百人力だ」

「わかっている。まかせておけ」

私はまだ他の仲間を呼び集めに行くふりをして、すれ違いざまに赤痣の左袖から正倉院の鍵を掏り取りました。

そして、正倉院の警固をする悪僧達が一人残らず南大門へ行ったのを確かめてから、正倉院の階段を一思いに上がり、さっそく扉を確かめました。

風雨に晒され、薄暗い中、私はためらうことなく隠し持っていた腰刀（短刀）で扉を封印している竹の皮も麻縄も斬り落とし、片っ端から赤痣から掏り取ってきた鍵を試していきました。するると、正面から見て左端の扉の錠が開きました。

後で知ったのですが、この左端の扉は正倉院の南倉と呼ばれる倉で、ここだけは朝廷ではなくて東大寺の僧侶達が管理している所だったので、鍵が合ったのです。

扉が開くと、私は急いでその扉から正倉院の中へ転がりこみました。

正倉院の中に入れば、すぐに目も眩むような財宝の山が広がっていると漠然と思い描いていたのですが、実際は全然違いました。

まず驚いたことに、正倉院の中には天井へ続く大きな梯子があり、上下二層に分かれているではありませんか。

そして、数えきれないほどの数の唐櫃が、二段ずつ壁に沿って整然と積まれて並んでいたのです。どの唐櫃に何が入っているのか、唐櫃に貼ってある札を見て確かめるつもりでしたが、こんなに数が多いとは思いもしませんでした。

思っていたよりも目当ての品を見つけるのに骨が折れるぞと、私は肝に銘じました。

私はこの時ほど、石清水八幡宮の稚児だった時に、社僧達から読み書きを教わっていたことに感謝したことはありませんでした。

女童に書いてもらった冶葛と書かれた二文字を求め、まずは上層部から探そうと梯子で上に上がると、思いがけずまた梯子がありました。

どうやら屋根裏のようで、念のためそこにも上がってみましたが、ここには何も置かれていなかったので、私はすぐに上層部に並ぶ唐櫃を調べにかかりました。

外の雨風の音を聞きながら、中を移動するうちに目が暗さに慣れてきたので、唐櫃の札に書かれた文字を読み取るのに苦労はありませんでした。あいにく上層部に置かれた唐櫃の中には冶葛と書かれた物はなく、私はすぐに下へ戻りました。

まず、まだ悪僧達が戻って来てはいないか、扉の外の様子を窺ってから唐櫃を見て回ると、ついに薬草を入れたと記された唐櫃を見つけました。全部で二十一櫃あり、その中の二十一番目の唐櫃に、「冶葛」の二文字が書かれた札が貼られていました。

一緒に書いてある文字が狼毒と物騒な名前でしたが、そんなことにいちいちかまっている暇はありません。

私は、すぐさま唐櫃の蓋を開けました。

中には古い紙包みがあり、一方には「狼毒」とあり、もう一方には「冶葛」と書かれていたので、間違えようがありません。

震える手で冶葛の紙包みをほどくと、薬草らしい干からびた葉の束が出てきました。

私は自分の息で吹き飛ばさないように気をつけながら、用意してきた油を引いた紙に包むと、さらに濡れないよう前日のうちに刀と交換で手に入れた懸守の中に入れました。

この懸守は、外は萌黄色と黄色の錦の布で包まれ、中は金属でできているので、貴重な霊薬が入っているとは傍目には誰にも気づかれません。

私は、女童が喜ぶ顔を思い描き、胸を弾ませながら正倉院を飛び出しました。

後は赤痣を見つけ、気づかれる前に鍵を返せばいいだけです。

雨はいまだに降り続けていましたが、私の心は晴れ渡っておりました。

けれども、やはり御仏は見ているものです。

正倉院と大仏殿の間には、大仏池だの二ツ池だの呼ばれる池があったのですが、そのほとりに人だかりができていることに気づきました。

南大門へ行ったはずの悪僧達が何をしているのか気になった私は、人だかりに加わりました。

そして、思わず声を上げてしまいそうになりました。

赤痣が、袈裟頭巾の喉元を中心に、深紅に染まって倒れていたからです。

どうやら何者かに背後から袈裟頭巾の隙間から手を突っこまれ、次いで刃物で喉を掻き切られたようです。

最期の瞬間に、仲間を呼ぼうとしたのでしょうか。赤痣は、右手に彼と同様に血に染まった法螺貝を持ったまま息絶えていました。

赤痣が殺され、屍を検められては、彼が持っているはずの正倉院の鍵がないことを悪僧達に気づかれてしまいます。

そうなれば、すぐに正倉院で盗みがあったことも知られるばかりか、盗賊が赤痣を殺して鍵を奪ったと思われ、私はやってもいない赤痣殺しの罪で裁かれかねません。

御仏は、たとえ恩返しであっても、盗みを働く者に容赦はしないのかと、恨めしく思いました。

「その血に染まった手。おまえが殺したのか。そうなんだな」

悪僧達の罵声（ばせい）に思わず冷や汗が出ましたが、相手は私ではなく、別の悪僧でした。

その悪僧は左目に眼帯をしていたので、以後「眼帯」と呼びましょう。

眼帯は、手や衣が血に染まっていて、いかにも人を殺し終えた有様でした。

しかし、彼は心外そうに悪僧達へ言い返しました。

「馬鹿を言うな。俺が血に汚れているのは、こいつを介抱しようと抱き上げたためだ。だいたい、おまえらも知っての通り、今日は大事な東大寺供養の日。穢（けが）れを出さないよう、俺達悪僧は刀や薙刀（なぎなた）と言った刃物を何一つ帯びず、撮棒だけを持つと決めたじゃないか。それなのに、どうやってこいつの喉を掻っ切ることができるんだ」

なるほど、眼帯の言う通りでした。私が盗んだ悪僧の身の周り一式にも、刃物類が一切なかったのです。だから、私は自前で腰刀を用意せねばなりませんでした。

「どこかに刃物を隠し持っているんじゃないのか」

別の悪僧が眼帯を責め立てると、ただちに眼帯の持ち物が調べられることになりました。

けれども、眼帯が持っていたのは、撮棒と法螺貝、それに小腹がすいた時に食べる餅ぐらいでした。

念のため、悪僧達は餅の中も調べましたが、中には何もありません。

眼帯は、他の悪僧達と何ら変わらない物しか持っていなかったのです。

「人を下手人扱いしやがって。俺の持ち物を調べたのだから、他の連中の持ち物も調べるのが筋というものだ」

眼帯は、尊大に言い放ちました。

このまま赤痣殺しの下手人探しが本格的に始まっては、腰刀ばかりか、本来赤痣が持っているはずの正倉院の鍵を隠し持ち、なおかつ偽物の悪僧である私が真っ先に疑われ、昨夜(ゆうべ)の盗賊のように首を晒されてしまいます。そうなっては、女童に恩返しはできません。

結局自分を救うのは神仏ではなく自分だけだと悟った私は、この窮地を脱すべく赤痣の屍に泣きつくふりをして鍵を返そうと、そばに跪(ひざまず)きました。

「おい、嘘だろう。本当は生きているんだろう。何とか言ってくれよ」

もっともらしいことを言いながら、赤痣の袖の中に鍵を滑りこませようとしたその時、赤痣の手に握られた血染めの法螺貝が目に留まりました。

法螺貝の殼口には、片仮名のコの字の形をした血痕(けっこん)が色濃く残されています。

私はやはり、下手人は眼帯だと確信したのでした。

＊

「刃物を持たぬ悪僧が、どうやって仲間の喉笛を切り裂いて殺したのか……。これは難問です」

私の話を聞き終えるなり、成季様が腕組みをして考えこみました。

意外にも、最初にひらめいたのは、明けの明星でした。

「眼帯は、刀や薙刀は持っていなくても、剃刀（かみそり）を隠し持っていたのではないか。剃刀は腰刀よりも小さいが、人の喉を掻き切るくらいなら容易にできる」

私は首を横に振りました。

「よい着眼点ですが、違います。眼帯は、本当に撮棒と法螺貝と餅しか持っておりませんでした。餅をくるんでいた竹の皮もありますが、あれで切れるのは人の薄皮程度なので、喉を掻き切ることなどできないと付けたしておきます」

「そうでしたか。私は今まさに餅を包んでいた竹の皮を使ったと言おうと思っていたのに、違いましたか」

成季様がおどけた口ぶりで言うと、どっと笑い声が上がりました。おかげで、明けの明星は、居心地の悪い思いをしないですみました。毎度のことながら、成季様のさりげないお気遣いは鮮やかなお手並みです。

「ならば、撮棒の中に刀が仕込まれていたのではないか。ちょっと見ただけではわからぬから、悪僧達が眼帯の持ち物を調べた時に気づかなかったのだ」

慈円僧正様が、考えこみながら言いました。

「あなた様のような御身分の方が、仕込み杖を御存知とは思いも寄りませんでした」

私はまず素直に感心してから、続けました。

「しかし、仕込み杖となると、普通の撮棒と重さが違うので、百戦錬磨の悪僧が調べれば、手にした時に仕込み杖であることが即座に見抜けます。ですから、悪僧達が重さについて何一つ言及しなかった撮棒は、ただの撮棒でした」

栄西様からも何か御意見があるかと思いましたが、栄西様は何やら他のことを考えているようで、どこか上の空の御様子でした。

私がお声かけをしようとするより先に、成季様が唸り声じみた声を上げてから私へ両手を合わせました。

「だめです。降参です、降参。いくら考えても、まったくよい知恵が浮かびません。どうか答えを教えていただけないでしょうか」

成季様は、世にも情けない顔で言いました。

これは、他の客人の方々に恥をかかせないように、早く種明かしをしてほしいとの成季様から私への密かな合図です。

私はすぐに応じることにしました。

「承知いたしました。それでは、種明かしといたしましょう」

＊

私は背中に雨が当たるのを感じながら、悪僧達に呼びかけました。

「これはおかしい。見てくれ。こいつの法螺貝の殻口が割れていて、糊でつけ直した跡があるぞ」

なぜ私が、血に染まった法螺貝の異変に気がつけたのか。

それは、こんな大粒の雨が降り続く中、法螺貝の殻口にコの字形の血痕が色濃く残っていたからでした。

いったいどうすれば雨に洗い流されることや滲むことなく、このような形の血痕を残せるのか。奇妙に思って目を凝らしたところ、割れた殻口を糊でつけ直した繋ぎ目に血が入りこんでいることを発見できたのです。

私の呼びかけに、悪僧達は顔を見合わせました。

「それのどこがおかしいのだ」

「おかしいだろう。こいつは、法螺貝を吹こうとして背後から何者かによって喉笛を搔き切られたようだ。しかしだ、殻口が割れていては、いくら直しても吹くことはできない。それなのに、なぜこいつは壊れた法螺貝を吹こうとしたんだ」

悪僧達は、訝しげに私を見ました。

「法螺貝を吹こうとした際に襲われて法螺貝を落としたせいで殻口が割れたと考えれば、別に不思議でもおかしくもあるまい」

あまりにも悪僧達が鈍いので、私は辛抱強く説明を続けました。

「ならば、誰が割れた法螺貝を直したのか不思議に思わないのか。喉を掻き切られた奴が、最期の力を振り絞ってわざわざ糊まで使って割れた法螺貝を直すわけがない。すると、自ずから法螺貝を直したのは下手人であることがわかる。では、なぜ下手人は割れた法螺貝をわざわざ直したのか。これは不思議でもあり、おかしなことだ」

私の説明で、ようやく悪僧達は赤疣の持っていた法螺貝の奇妙さを理解できました。

「本当だ。どうして下手人はこいつを殺した後、わざわざ壊れた法螺貝を直していったんだ。直している間に誰かに見つかっては、捕まってしまうだろうに」

「殺した相手の法螺貝を直す慈悲があるなら、命を奪わねばよいものを。まったく、下手人は平仄が合わないことをしたものだ」

困惑する悪僧達へ、私は落ち着き払って言いました。

「ああ。まったくもって不可解だ。だが、そういう時は物事をひっくり返して考えるんだ」

「ひっくり返して考えるとは、どういう意味だ」

私の話に引きこまれているということは、私を下手人だと怪しんでいない証拠です。

少し安心しながら、私は順を追って話しました。

「殺された奴が自分の法螺貝を持っていたと考えるから、何もかもがおかしいんだ。法螺貝は下手人の物で、殺害した後に死者に持たせたと考えれば容易く説明がつく」

「どう説明がつくんだ」

別の悪僧が、問いかけてきました。私はその時、袈裟頭巾の隙間から僅(わず)かに覗(のぞ)き見える眼帯の顔色が青ざめていることに気づき、勢いを得ました。

「割れた法螺貝に糊を使って直したのが下手人であると、説明がつく。では、なぜ下手人は人を殺して一刻も早く逃げねばならない立場にありながら、わざわざ割れた法螺貝を直したのか。それは、法螺貝の殻口を割って作った鋭利な欠片で、相手の喉を掻き切ったことを隠すためだ」

もう一度眼帯を見やれば、彼はますます青ざめ、肩を大きく震わせていました。

「その後、殺された相手の持っていた法螺貝と、殻口を割った自分の法螺貝を交換。持っていた餅を糊代わりに使って法螺貝の殻口に欠片をつけ直してから死者に持たせ、いかにも法螺貝を吹こうとした時に背後から襲われたように見せかけたんだ」

私は、眼帯に近づいて肩を抱くと、いたぶるようにその顔を覗きこみました。

「刃物さえ持っていなければ、返り血に塗(まみ)れていても疑われることはない。そうたかをくくっていたのだろう。だが、餅を処分しなかったのは詰めが甘かったな」

眼帯は返事の代わりに、獣じみた雄叫(おたけ)びを上げながら暴れ出して私の腕を振りほどくと、襲いかかってきました。

それこそ、私が望んでいたことです。

私は眼帯が襲いかかってきたところで、奴の向う脛(ずね)をしたたか蹴(け)り飛ばしてやりました。

そして、襲いかかってきた勢いのまま倒れこんできた眼帯の横っ面に、拳を思いきり打ちこんでやったのです。

眼帯は呆気なく目をまわし、水たまりの中へ仰向けに倒れてしまいました。

「おっと、強く打ちのめしすぎたか」

私は眼帯を心配するふりをして近づくと、彼の懐へ正倉院の鍵を滑りこませました。

これで、正倉院の盗みが発覚しようと、罪はすべて赤痣を殺した眼帯のものとなります。

あさましいことに、当時の私は、自分が無実の罪で斬られることを恐れていたくせに、他人へは一切のためらいもなしにその仕打ちをしていたのです。

思い出すだけでも、赤面の至りです。

けれども昔の私は、女童へ恩返ししたい一心でしたので、心が痛むことはありませんでした。

「殺しの下手人がわかったと、他の連中にも知らせてくる」

私はそんな調子のいいことを言い残すと、後ろを振り向くことなく逃げ出しました。

そして、東大寺を出たところで、私は悪僧に化けるために身に着けていた袈裟頭巾も墨染の衣も、胴腹巻も、何もかも脱ぎ捨て、元の私に戻ると、南都で見つけた隠れ家へ逃げこみました。

どうして眼帯が赤痣を殺したのか、私に殴られた後の眼帯がどんな末路をたどったのか、今もってわかりません。

それは、当時の私が、他人の不運や痛みに対し、まったくもって無関心だったからに他なりません。

特にこの時の私は、一刻も早く女童に冶葛を届けることで、頭がいっぱいでした。

盗みを働いたり、逢瀬（おうせ）に出かけたりする以外で夜を迎えるのが待ち遠しかったのは、思えば盗賊になってから初めてのことでした。

やがて雨が上がり、雲間から月が出てきました。

私は月明りで黒と銀に染まった南都を駆け抜け、女童の許へ急ぎました。

女童は、前と同じく東南院の廊にいて、かぐわしくも優しい薫りに包まれ佇（たたず）んでいました。

そして、私を見るなり嬉しい驚きに満ちた顔になりました。

「もう来てくれたのね。ありがとう」

「お礼を言うのは、まだ早い。ほら、両手を出しな」

私に言われるがまま、女童は紅葉のように小さな両手を差し出しました。

私はそこへ、そっと冶葛の入った懸守を置きました。

「この中に冶葛が入っている。約束通り、一握りだけな」

私の言葉に、女童は月明りの下、急いで懸守を開けて中の冶葛を確かめました。

確かめ終えた途端、女童は顔を明るく輝かせました。

「ありがとう。本当に助かったわ」

この時の女童の笑顔は、これまで私が盗んできた金銀財宝はおろか、美貌（びぼう）の女盗賊と名高かった私の妻よりも美しいものでした。

「好いた男と幸せになれよ」

私は女童の頭を撫でると、雨上がりの月夜を走り出しました。

泥濘(ぬかるみ)ばかりの道でしたので、隠れ家についた時には泥まみれで、それはもうひどい有様でした。けれども、心はいつになく清らかなものでした。

私が改心して盗賊をやめるのはそれから数年後のことですが、その萌芽(ほうが)となったのは、この女童への恩返しででした。

＊

「悪僧に化けて、警固の厳しい東大寺の出入りを自在にこなして盗みを成し遂げるとは、小殿はすごい」

私が話し終えるとすぐに、明けの明星は感嘆の声を上げました。

「女童の慈悲に触れたことが、のちの改心の機縁になったと知れたのはよかったのですが、まさか東大寺供養の裏で、このような出来事がありましたとは……」

栄西様が呟(つぶや)くように仰いました。

「まさに盗賊の恩返しと言うにふさわしい話でしたね」

成季様は、よい話を聞けたとばかりに、持っていた冊子に筆で話を書き記しながら、ふと不思議そうに顔を上げました。

「ところで、正倉院の扉を破って盗みを働くという前代未聞の出来事が、どうして今の世に知られていないのでしょうか。決して、あなたを疑っているわけではないのですが、どうしても不思議なのです」

私は、苦笑しながら答えました。

「成季様が不思議がられるのも、当然です。私もいまだに不思議に思っているほどですからね」

すると、慈円僧正様が重々しく咳払い(せき)をされました。

「あの東大寺供養の日、帝が行幸されていた。そのような時に東大寺の境内にて盗みや殺しがあったと知られては、せっかくの東大寺供養が台無しとなり、帝に対して大変な無礼を働いたことになる。そう考えた東大寺の者達が、すべて隠してしまったのであろう。寺の者達に尻拭(しりぬぐ)いをさせてしまうとは、まことにおぬしはたいした大盗賊だったものよ」

慈円僧正様は声高らかに笑ってから、しまいには感じ入った様子になりました。

「盗みという悪行が、恩返しという善行に繋がるとは、人が改心する転機は、つくづく様々な形で訪れるものだ。恩返しのために正倉院の御物を盗んだことには驚かされたが、大仏と大仏殿建立に尽力された今は亡き重源殿も、やんごとなき方々から大仏建立の支援を得るために弟子を使って盗みを働いたこともあった。だから、何とも責めがたいので、さておくとして――」

慈円僧正様が、不意に眉間(みけん)に皺(しわ)を寄せられました。

「――小殿よ。話を聞いていて気になったのだが、もしやおぬしが恩返しをした女童は、初代鎌倉殿の上の姫君である大姫ではないか」

これは思いがけないお言葉でした。

「何を仰いますか、慈円僧正様。あの女童は十一、二歳ほどでした。しかし、上の姫君は当時十八歳だったはずです」

私は畏れ多くも高僧へ言葉を返してしまいました。

けれども、さすがは高僧です。私ごときの否定などものともせずに語り出しました。

「大姫は、ほんの五、六歳の頃にかの有名な木曾義仲殿の嫡男志水義高と結婚していたのだ。もっとも、結婚と言っても、ほんの形ばかりのものであったし、実質、義高は初代鎌倉殿の人質だったのだがな。その後、朝敵となった木曾殿を滅ぼした初代鎌倉殿は、将来の禍根を断つために、まだ数え十二だった義高を誅殺してしまったのだ。最愛の夫を父に奪われた大姫は、ひどく心を痛め、水すらろくに喉を通らない日々を送り、以後は不食の病に陥った。そうやって、幼い頃からろくに食事を摂らなかったせいであろう。大姫の体は充分に育たず、年頃になっても十一、二歳くらいにしか見えなかったそうだ」

慈円僧正様のお話に、明けの明星が目を丸くしておりました。

成季様は、驚きのあまり開いた口が塞がらない御様子でした。

栄西様は、沈思黙考と言った風情になりました。

私と言えば、これまで気にも留めなかった出来事が意味深長になって蘇ってきました。

女童が年の割に大人びた口をきいていたのは、年相応の話し方をしていたから。

女童の曹司に帳台があったのは、お仕えする姫君の物ではなく彼女自身の物だったから。

女童の一言を武士達や女房達が信じたのは、彼女が鎌倉殿の姫君という尊いお立場にあるので、疑う理由がなかったから。

御台所の牛車にいたのは、お仕えするためではなく、姫君として乗っていたから。

鎌倉殿の砂金を持ち出せたのも、一介の女童ではなく、どこを歩き回っても咎(とが)められない姫君だったから。

漢字の読み書きができたのも、姫君として教養を積まれていたから。

何よりも、あのかぐわしくも優しい香の薫り。

香は、高貴なお方か裕福な者しか身に着けることができません。

それこそ、彼女が姫君である証だったのです。

それなのに、私ときたら、今の今まで女童が高貴なお方からいただいた香でもつけていたのだろうと思いこみ、気にも留めておりませんでした。

愕然(がくぜん)とする私をよそに、明けの明星が目を輝かせました。

「大姫と言えば、上皇様の許へ入内(じゅだい)する予定だったのに、その前に病に倒れられて二十歳の花の盛りで亡くなられてしまった薄幸の姫君ではありませんか」

明けの明星は、慈円僧正様へ言ってから、今度は私の方を見ました。

「小殿は、大姫に会っていたんだね。すごいよ。いいな。吾(あれ)も夢でもいいからお会いしてみたいと思っていたんだ。そうか、可憐でかわいらしく心優しい姫君だったんだ」

喜ぶ明けの明星には悪いのですが、私の心中は複雑でした。

長年素性がわからなかった恩人の女童が、かの初代鎌倉殿の上の姫君とわかったのはよいのですが、すでに故人となっているのがわかり、何ともやるせない気持ちで胸がいっぱいでした。

今もどこか遠い空の下、あの女童が大人になり、好いた男と結婚して仲良く幸せに暮らしている様子を思い描くのが、私の楽しみの一つでもあったからです。

もう一つ落胆したのは、女童こと大姫様が、后になる予定だったことです。

后になることは、女にとって最上の幸せです。

私に冶葛を盗むよう頼んだのは、帝の許へ入内する日を夢見て、体を直そうとしたからでしょう。それなのに、願いもむなしく亡くなってしまわれたとは、こちらの悲しみも一入（ひとしお）です。

私の気持ちを察して下さったのでしょうか。

成季様が、皆様へ帰ろうと促し始めました。

明けの明星はそれを聞いて、慈円僧正様を門まで見送りに行きました。

門の外には、いつの間にか迎えの方々が来ているようで、ざわざわと話し声が聞こえました。

私も、栄西様を門までお見送りしようと振り返ると、栄西様の穏やかな顔が青ざめ、かすかに冷や汗を浮かべておりました。

お年がお年なので、私は心配になりました。

「どうなさいましたか、栄西様。どこかお加減でも悪いのでしょうか」

私がそばに来て片膝（ひざ）をつきますと、栄西様は憐（あわ）れみ深い眼差しを私に向けたではありませんか。

「これから拙僧がする話を、しかと心に留めていただけませんか」

栄西様は、ためらいがちに打ち明けてきました。

「あなたのお話に出てきた冶葛ですが、あれは薬草などではありません。毒草です」

毒草。

禍々しい言葉に、私は思わず息を飲みました。

「拙僧は宋の国へ渡った時に、茶という薬草を知って学びましたが、その過程で様々な薬草や毒草についても、かの地の僧侶達から教わったのです。そこで、冶葛はたった三枚の若葉を食べただけでも、命を落とす猛毒と教わりました。特に水と相性がよく、水と同時に飲むと効き目が強まり、死が早まると言われています」

「……では、大姫様は、毒草とも知らず、冶葛を……」

彼女は帝と添い遂げるために薬を求めたのに、真逆の結末を迎えたことになります。

私は、妙に喉の渇きを覚え、かすれた声になってしまいました。

栄西様は、悲しげに首を横に振られました。

「いいえ。大姫様は、冶葛が毒草であると御存知だったと思います。なぜなら、彼女はあなたに『好きな方と添い遂げたい』と言っていたのでしょう。彼女が心から愛していたのは、幼い頃に最愛の夫君と思い定めた志水義高殿ただお一人。十五歳頃に、とある貴族との縁談が持ち上がった時、彼女は義高殿以外とは結婚する気はないし、今後縁談があれば淵へ身を投げるとまで言って拒まれたそうですから。わかりますか」

栄西様は、声を落としました。

「大姫様は、入内という決して断ることのできない縁談が持ち上がったので、淵へ身を投げる代わりに、自ら冶葛をあおられ、お命を絶たれたのです。あの世にいる義高殿と添い遂げるために……」

栄西様は私の目の前にいらっしゃるというのに、まるで遠くから語りかけられているようでした。

「承知しました。栄西様のお言葉、しかとこの胸に刻みました」

まだ声がかすれたまま、私は答えました。

「私は恩返しをしたつもりで、恩人の命を奪う手伝いをしていたということですか……」

呟いた自分の声が、他人の声のように響きます。

目の前が暗くなってきました。

すると、闇の彼方から、栄西様の声が聞こえてきました。

「何を言うのですか。あなたは大姫様を意に沿わぬ結婚から救い出されたのですよ。これは紛うことなき恩返しです。拙僧がこの話をしたのは、あなたが冶葛を薬草と勘違いしたまま世の人々に語ったがために、冶葛を口にして命を落とす者達が出るのを防ぐためです。どうか、以後、今のお話をする機会がある時には、冶葛が恐ろしい毒であることもお話し下さい」

「畏れ多くもありがたいお言葉、ありがとうございます。おかげさまで私が新たに紡ぎかねなかった悪因悪果を未然に防ぐことができ、善果に転じることができます」

まだ目の前が暗く感じますが、私はやっとの思いで声を振り絞りました。

「悪因悪果を善果に転じることを心がけているようですが、こだわりすぎない方がよろしいですよ。この世は夢まぼろしであり、一切は無常なのです。善悪の如何を問わず、ただあるがままを受け入れ、今を大切に生きて下さい」

栄西様のお言葉は難しく、すべてはよく理解できませんでした。

そう言えば、栄西様が起こされた臨済宗は、難解なことで知られていました。

ただ、闇夜を淡く照らす蛍のような、小さいけれども確かな光は感じられました。


皆様がお帰りになった後、私は木椀に残っていた茶を飲み干しました。

これまで味わったことのない渋みが口内に広がって頭が冴えわたると、自分が今やるべきことが見えてきました。

私は塗籠へ行き、奥にしまっておいた文箱（手紙などを入れる箱）を久しぶりに手に取りました。

これは盗品などではなく、私が盗賊をやめた後、主人となられた貴族から褒美として賜った物です。

蓋を開けると、ほのかにあの女童の、いいえ、大姫様のかぐわしくも優しい薫りが鼻をくすぐった気がしました。

私は、大姫様が牛車から投げ渡した文と冶葛の文字を教えるために書いた覚え書きを、この文箱に大切にとっておいたのでした。

けれども、それも今日までです。

大姫様の最期を知り、惨憺（さんたん）たる思いを抱えながら、私は手燭（てしょく）を片手に庭へ下りました。

初夏の夜空に皓々（こうこう）と輝く月の下、私は手燭を庭に置くと、大姫様からいただいた二通の文を火にくべました。

彼女が盗賊に正倉院から冶葛を盗ませた証を、この世から消し去るためです。

そうすれば、死後に名を落とす恐れもなくなり、大姫様はあの世で心置きなく義高様とお過ごしになれるでしょう。

これが、今の私が彼女へできる、せいいっぱいの恩返しでした。

小さな、あの大姫様のように本当に小さな紙切れでしたので、文は炎に舐（な）め取られるようにして、一筋の煙を上げたかと思うと、瞬く間に灰になっていきました。

灰は夜風に舞い散り、跡形もなく消え去っていきます。

――己が盗賊になったことによる悪因は、結局悪果しかもたらさないのか――。

夜風に問いかけるも、返ってくるのは葉擦れの音ばかりでした。

妖異瀬戸内海

建保四年（一二一六年）六月某日の小殿

蜩の鳴き声に秋の虫達の声も混じり、晩夏の風が心地よくなってきました。

私は廊に出て、夕涼みとばかりに篳篥を吹いておりました。

そこへ、牛車が止まる音がするなり、物々しく門戸を叩く音が。

何事かと聞き耳を立ててみるに、武士や盗賊が襲撃する時のような殺気立った気配は一切いたしません。

そこで門を開けて出てみれば、召し使いが居丈高に「迎えが遅い」と私を一喝すると、ただちに客人を迎えるようにと命じました。

私の許へ来る客人は、十日に一度、私が伝説の大盗賊小殿だった頃の話を聞きに来る成季様と明けの明星くらいです。

それ以外の方で、しかも牛車でお越しになる方など、皆目見当がつきません。

何者であろうと、私の身一つなら、老いた今でもどうにか守り抜ける自信があります。

私は、素性の知れないお方とそのお供の方々を我が家へ招き入れました。

「そちがかつて都にその名を轟かせた大盗賊、または強盗の棟梁と謳われた小殿か。まろは上皇様（後鳥羽院）の一の近臣藤原親定。そちを宴に招待せよと申しつけられ、迎えに上がったのだ」

牛車から現れたお方は、堂々たる体軀をしておられましたが、なぜか顔を悪僧のように覆面で隠しております。手のひらが肉厚なところからして、刀を使い慣れている御様子。かなりの手練れとお見受けしました。

しかしながら、貴族らしく立烏帽子を被っておいでですし、着ている衣はわざと質素に見せかけようとはしているものの上等な絹の狩衣で、着こなしも上品です。

私は、無礼にならないよう慎重に指摘することにしました。

「一の近臣とはお戯れを。その堂々たる立ち居振る舞い、一介の貴族には到底できますまい。何よりも、溢れんばかりの王気と気品。貴方様こそ、上皇様その人でございましょう」

上皇様は、よほどうまく化けられたとお思いになられていたのでしょう。とても驚かれました。

「さすが伝説の大盗賊小殿。よくぞ余の正体を見破った」

そう仰せになられながら私の目の前で覆面をほどかれたので、畏れ多くも思いがけず御尊顔を拝することとなりました。

色白く面長で豊頰の御顔立ちは、これぞ高貴なお方と納得の品のよさです。

人づてに、上皇様は御年三十七歳におなりあそばされたと耳にしたことがありましたが、その眼差しにはいたずら好きの子どものような無邪気な光が宿っておいででした。

「実は、成季と明けの明星から、そちの評判を聞いてな。勅撰和歌集（新古今和歌集）が完成を迎えつつあって和歌に飽きてきたところゆえ、今宵の宴の余興に、是非ともそちの話を聞きとうなった。もう成季と明けの明星は来ているから、後はそちだけだ。ついてまいれ」

性急とは、まさにこのことです。

上皇様は、返事も待たずに私を外へ連れ出すと、用意していた馬に乗せ、都の南に出ると、今度はすぐそばを流れる鴨川（かも）の小舟に私を乗せました。

上皇様達は、船首に竜の顔がついた立派な小船で池に漕（こ）ぎ出していかれました。

小舟に一人乗った私は、考えました。

天地開闢（てんちかいびゃく）以来、盗賊を宴に招く上皇様など聞いたこともございません。

もしかしたら、宴に招くと偽り、私の旧悪を裁かれるおつもりかもしれません。

不安に駆られる私でしたが、ふと夕日を浴びて小舟を漕ぐ船頭を見れば、その顔にどこか見覚えがありました。

「もしや、摂津今津（いまづ）を根城に活躍されていた大盗賊の交野八郎（かたののはちろう）殿ではありませんか」

私が恐る恐る訊（たず）ねると、船頭は不敵な笑みを浮かべました。

「その名で呼ばれるのは久しぶりだ。そういうおぬしは小殿平六（へいろく）殿だろう」

「はい。私もその名で呼ばれるのは久しぶりです。お元気そうで何よりです」

「おぬしもな。いやはや、お互い面白い人生を送ってきたものよ」

交野殿は、私と同年配なだけあり、齢（よわい）を重ねておりましたが、潑溂（はつらつ）とした声と仕草は若い頃のままです。

私が盗賊時代の仲間達の多くはすでに故人なので、生き残りがいたのはたいへん喜ばしいことでした。

しかも、それが盗賊の中でも名高い大盗賊の交野殿なので、感動も一入です。

「どうしてこちらにいらっしゃるのですか」

すると、交野殿は誇らしげに答えました。

「十年程前のことだ。わしはいつものように武士達に追捕を受けておったのだが、この日は違った。わしが舟で沖合へ逃げると、何と上皇様が御自ら舟をお漕ぎになられて、追いかけて来られたのだ。この交野八郎を捕らえるために、わざわざ治天の君であらせられる上皇様がお出ましになられたとは、わしが天下一の大盗賊と認められている何よりの証。この上ない誉れで嬉しくなってな。進んで捕らわれに行ったのよ。そうしたら、上皇様が殊勝な奴と仰せになって、罪をお許し下さったばかりか、中間（召し使いの一種）に取り立てて下さったのだ。そして今回は、おぬしが来るとのことで、上皇様が送り迎えの役をわしに任ぜられたというわけだ」

「まことに、素晴らしい限りです。みじめな末路を迎える盗賊が多い中で、上皇様に捕らえられ、なおかつ許されてお仕えすることになったとは、まさに盗賊の夢物語です」

私は、交野殿を賞賛せずにはいられませんでした。

それと同時に、上皇様が私を罰するおつもりではないことが交野殿の様子からわかり、密かに安堵もしました。

後ろ暗い過去を持つ身ゆえ、上皇様の御厚意を素直に受け止められていなかった自分が、恥ずかしくもなりました。

「夢物語か。そうかもしれぬ。まさか盗賊をしていた悪因が、治天の君にお仕えする善果に転じようとは夢にも思わなんだよ」

それから、とても楽しそうに笑い出しました。

「しかも、この治天の君ときたら、とても破天荒なお方でな。前に伊予国（現在の愛媛県）のふてら島に、天竺の冠者と名乗る博打（博打打ち）が、自分は空を飛び水の上も走れるし、馬に乗るのが巧みで、大力の持ち主と称したばかりか親王だと騙って神社を建て、多くの信者に寄進させて贅沢に暮らしておったのを噂で聞いた上皇様は、どうされたと思う」

よほど話したくてたまらないのでしょう。交野殿は、私の返事を待たずに続きを話しました。

「何と、天竺の冠者を捕らえて都に召し出し、水の上を走れるなら走ってみよと、池の中へ投げこんで溺れさせたのを皮切りに、馬に乗せて落馬させたり、大力の者と相撲を取らせたりして、すべて奴の言うことはでたらめだと世にしらしめてから、獄舎に放りこまれたのだ。今思い出しても胸がすく出来事だった」

「はい。とても痛快無比ですね」

そう答える一方で、才気煥発で型破りとも言える上皇様の御振る舞いに、私はただひたすら驚嘆するのでした。

「そうだろう、そうだろう。しかも、舟を御自ら漕ぐことができる他にも、水練（水泳）や笠懸、弓馬に精通され、刀も御自身でお鍛えになられるし、琵琶、管弦、和歌、書にも優れていらっしゃる。そうして、御自身があらゆることに精通されているからか、催される宴も詩歌管弦や今様、白拍子と猿楽と言ったいかにも優雅なものから、競馬、狩猟、相撲、闘鶏、犬追物までなさるんだ。一緒にいて、こんなに退屈しないお方はおらぬよ。まったくもってよい主君にお仕えできるようになった」

私の返事にすっかり気をよくした交野殿は、小気味よく舟歌を歌い始めました。

次第に日が暮れ、夜空を映して天の川のようになった鴨川の水面を小舟が南へ進むうちに、多くの灯火で煌めく宮殿が見えてきました。

鳥羽離宮です。

都の南方一里（約四キロメートル）弱の、鴨川と桂川の合流する地にあるこの離宮は、今は亡き法皇様（後白河法皇）が、治承三年（一一七九年）に六波羅入道に幽閉されたことでも知られています。

ここは貴族や皇族の方々の別荘が多く建ち並ぶ遊興の地でもあり、そんな彼らに仕える職人達の家々もあり、まるでもう一つの都のように賑やかな地でもあります。私も若い頃、盗みや遊びのために来たことがありましたが、その時から変わらず華やかです。

まさか、盗賊としてではなく客として訪れる日が来ようとは思いもしませんでした。

宵闇に煌めき浮かび上がる鳥羽離宮からは、様々な楽の音が聞こえてきました。

舞台には、見目麗しい白拍子達が華麗な舞を披露しております。

この世に極楽が顕現したかのような光景には、ひたすら驚嘆せざるを得ません。

上皇様にお仕えする貴族達は、飲めや歌えの大騒ぎをしている最中でしたが、上皇様がお戻りになられるのを見た途端、すぐに一糸乱れず恭しくお迎えに上がりました。

上皇様は、そんな彼らへねぎらいの言葉をかけて下がらせると、小舟から下りた私を連れて釣殿へ向かいました。

釣殿に入ると、成季様と明けの明星が緊張した面持ちで出迎えてくれました。

「苦しゅうない。楽にせよ」

上皇様はそう仰せになられますが、治天の君に対して楽にするなど無理な話です。

いつもどなたに対しても朋友のように接して下さる成季様さえ、どこかぎこちないです。

「それでは、お言葉に甘えさせていただくとしますか」

笑って応じる成季様ですが、いつになくその笑顔は硬いものでした。

私がそんな成季様を横目に、明けの明星の隣に用意されていた円座に腰を下ろすと、明けの明星が小声で耳打ちしてきました。

「小殿、よく来てくれたね。吾も成季も、心細くてたまらなかったんだ」

ここ一年の間に、高僧をお守りする役職に就くとのことで日夜鍛えてきた甲斐があり、明けの明星は見違えるほどたくましい体つきになっていました。しかし、顔はまだまだあどけないままです。そして、心もまた、顔と同様にあどけないままでした。

まるではぐれた親犬をやっと見つけた仔犬のように、私へ話しかけてきたので微笑ましく思われます。おかげで、緊張がほぐれました。

「上皇様の御前ですから、畏れ多い気持ちになるのはよくわかります」

私が小声で答えたところで、上皇様は脇息に凭れ、いたずらっぽく瞳を輝かせました。

「小殿よ。明けの明星から聞いたのだが、そちは盗賊だった頃の話をするだけでなく、謎かけもするそうだな。聞けば、天下に名高い仏師の運慶も、知性と教養に溢れた高僧の慈円僧正も、昨年七月に亡くなった名僧の栄西すら、そちの謎かけを解き明かすことができなかったとか。一つ、余にも謎かけをしてみせよ」

大変なことになりました。

上皇様の御前でお話をするだけでも畏れ多いのに、謎かけまでしなければならなくなったのですから、御不興を買う真似だけは絶対に避けたいものです。

交野殿から聞いた上皇様にまつわる話から察するに、上皇様は才気煥発なお方。

もしも、容易な謎かけをすれば、手ごたえがたりないと御不興を買うかもしれず、かと言って難解な謎かけをして解き明かせなかった時の気まずさは、私が耐えられません。

何か妙案はないかと知恵を絞っておりますと、交野殿が楽人達を小舟に乗せている姿が目に入りました。

そして、私はあの出来事ならば、上皇様のお気に召されると思いつきました。

けれども、これは一か八かの賭けです。

居住まいを正して息を整えてから、私は上皇様へこう告げました。

「それでは、私が海賊をしていた時の話をいたしましょう」

*

あれは今から三十五年前になりますから、治承五年（一一八一年）の夏の盛りのことでした。

その年は大変な年でした。何しろ一月には高倉上皇様が、翌々月の閏二月には六波羅入道が立て続けにお亡くなりになられたばかりか、春から日照り続きで作物がまったく収穫できなかったからです。そのため、秋に入った七月にはよい年になるよう祈りをこめて養和と改元されました。

私の評判を聞かせたかった六波羅入道はもうこの世にはいないし、都に留まり続けても、ろくに稼げそうにない。

そう都に見切りをつけた当時十六歳の駆け出しの盗賊だった私は、以前知り合った博多を根城にしている海賊の許へ行き、彼の下で働かせてもらうことに決めました。

私を高く買ってくれていた彼は、やはり海賊をしている息子の船で働くように勧めてくれました。

息子の名は武藤太と言い、当時二十歳の若い海賊でした。肌も髪も潮焼けしているため、全体的に赤黒い感じでした。

彼は、私の他に五人の仲間を従え、大宰府に来る商船を襲う計画を立てているところでした。

彼も父親と同様に、かつてたった一人で白珠を盗みおおせた私を高く買っていたので、快く仲間に入れてくれました。

「平六、俺の仲間達を紹介しよう」

平六とは、当時の私の呼び名です。元服して大人の男の呼び名になっていたので、私はその名前で呼ばれるたびに得意な気分になりました。

「こいつは、瀬戸内翁。伊予国出身だ。その名の通り、瀬戸内の潮の流れに精通しているんだ」

瀬戸内翁は、私達の中では最も年長の六十ばかりの老人でした。長生きで元気な人特有の、大きな耳としっかりとした顎を持つ骨太の体格の持ち主でした。

「続いて、夜目次郎。俺の幼なじみだ。夜でも目が利くので、こう呼ばれている」

夜目次郎は、武藤太と同じ二十歳の若者でした。目がとても細く、いつも開いているのだか閉じているのだかわからない、眠そうな顔をしていました。

「三人目は、鰐三郎。豊後国（現在の大分県）出身だ。泳ぎが得意で、敵と戦っている時に海に落ちても相手の首を取ってきたから、鰐（鮫の古名）と呼ばれている」

鰐三郎は二十五歳で、いかにも豪傑じみた外見をしていましたが、いつも陰で愚痴を漏らしてばかりいる、気の小さい男でした。

「四人目は、薙刀四郎。相模国（現在の神奈川県）出身。薙刀が得意で、揺れる船の上でも薙刀を振り回して何人もの敵を斬り倒せるので、こう呼ばれている」

薙刀四郎は、三十歳ほどの左頬に向こう傷のある貫禄のある男でした。盗みよりも戦うことの方が好きなので、海賊は性に合うと語る変わり者でした。

「五人目は、強力五郎（ごうりきのごろう）。俺の弟分だ。ちぃとばっかり頭はたりないが、牛のように力持ちなんで、俺がそう呼び名をつけた」

強力五郎は十八歳で、身の丈六尺（約百八十二センチ）余りの大男でしたが、まるで三つの幼子ほどの知恵しかありませんでした。けれども、その分、誰よりも純粋で従順で、なるほど武藤太が弟分としてかわいがっているのも納得でした。

「おい、武藤太。その女みたいな面した奴を、本当に次の仕事に連れて行くのか」

「役に立つって言うのは、夜の営みでか」

「俺は女しか受け付けないから、とんだ役立たずを仲間に入れたものだな」

夜目次郎と鰐三郎、それに薙刀四郎が、さっそく新参者の私を見下してきました。

ここで格下と思われては、今後の仕事に差し支えがあります。

私は、ちっとも気にしていない顔で、三人へこう言い返してやりました。

「男は顔じゃない。度胸ってものだ。どれ、一勝負しようじゃないか」

元服して世間からは一人前の盗賊と認められたての私は、生意気盛りで、怖いもの知らずでした。

武藤太と瀬戸内翁と強力五郎を判者（はんじゃ）（審判）にして、三人に相撲を挑みました。

殴る、蹴（け）る、投げると、ありとあらゆる技を駆使して戦った結果、私は痣（あざ）だらけで鼻血も出ましたが、三人にも同じくらいの怪我を負わせてやりました。

勝敗が大事なのではありません。

私が見下されたまま黙って引き下がる人間ではないことを、相手に思い知らせてやるのが大事だったのです。

「見た目のわりに、けっこう骨があるじゃねえか」

「まだほんの若造のくせに、都の盗賊というのも納得だ」

「今度は一対一で勝負しようや」

こうして三人は、私を仲間として受け入れたのでした。

私達の怪我が治った頃、武藤太は目当ての商船が大宰府へやって来たと告げたので、私達七人の海賊は喜び勇んで武藤太の船に乗りこみ、商船を襲いに行きました。

商船は、唐船と呼ばれる大きな船でした。帆柱には筵帆（むしろほ）と呼ばれる、筵でできた帆がかけられていました。船上には屋形（やかた）と呼ばれる船の上で過ごす板葺（いたぶ）き屋根の家があります。舷（げん）外にあるセガイと呼ばれる張り出しには、何人もの水夫（かこ）（船乗り）達が櫓（ろ）を漕いでおりました。櫓が全部で十二挺（ちょう）もあったと言えば、どれだけ大きな船だったか御想像がつくでしょう。

私達の船は、唐船のそばへ近づくと、いっせいに矢を射かけました。

唐船の踏立板（ふたていた）（甲板）には、私達海賊の襲撃に備えていくつか楯（たて）が置かれていましたが、私達は難なくその楯を越えて矢を放ったので、無意味でした。

そして、相手が怯（ひる）んだところへ、唐船に鉤縄（かぎなわ）を投げつけよじ登ると、武藤太達は、商人達へ次々に襲いかかり、相手を斬りつけて弱らせてから海へ放り捨てていきました。

唐船でしたが、乗っている商人達も水夫達も、全員この国の人間ばかりでしたので、言葉が通じて助かりました。

おかげで彼らの話から、羽振りのよいこの国の商人達が、唐船を買って商売していること、今回も宋で大きな取り引きをしに行くために、たくさんの船荷を積んだことがわかりました。

しかし、事情がわかったからとは言え、命を助けるという考えは、当時の私には毛頭ありませんでした。

彼らを生かしておけば、いつか自分が捕らえられることになる。自分が生き永らえるためには死んでもらおう。

今の私からすれば、恐ろしいほどの無慈悲さで、私は屋形に逃げこんだ商人を容赦なく追いつめました。

屋形は、船の右舷側に戸口があり、左舷側に縦一尺（約三十センチ）、横二尺（約六十センチ）ほどの大きさの物見がついておりました。中には畳が置かれ、調度品や唐櫃（からびつ）があるなど、本当に家の中のようです。特に畳は、私達のような下々の者が使う、藁（わら）の敷物を何枚も重ねて作った物ではなく、藁床に藺草（いぐさ）の織物を被せて作った高価な畳でした。

そんな畳の前に、酒やごちそうが並べられていたので、商人達が宴の最中だったことが見て取れました。

「最期に宴を楽しめてよかったな」

私は、命乞（ご）いする商人を屋形の外へ引きずり出すと、海へ蹴り落としました。

残るは、水夫達だけです。

私が怯える水夫に刃を向けようとした時、武藤太が肩に手をかけて制止しました。

「待て、平六。こいつらを始末しては、誰がこの唐船を操ると言うんだ」

言われてみれば、その通りです。

唐船は私達の国の船とは、まるで造りが違います。

踏立板の下にも人が出入りできる場所があったことが、最たるものでしょう。

「それもそうだ。水夫達を殺すのは、なしだ」

私は、刀を鞘に納めました。

すると、先に踏立板の下に入っていた夜目次郎の嬉しそうな声が聞こえてきました。

「おい、来てみろよ。ここに船荷がたくさんあるぞ」

武藤太と一緒に踏立板の下へ下りると、なるほど壁に区切られて通路の左右に曹司があり、中にはたくさんの櫃がありました。以後、この曹司を船倉と呼びましょう。

私達は試しに船倉に積まれていた櫃の一つを開けました。すると、中には米俵が入っているではありませんか。

このことに気をよくした私達は、次々に櫃を開けていきました。

結果、米ばかりか、反物や砂金、細工物などがありました。

「全部で四十二箱の船荷があるのう」

いつの間にか船倉へ来ていた瀬戸内翁が、あっという間に船荷を数え上げました。

「数えるのが早いな、じいさん」

私は、素直に感心しました。

「なに、九九がわかればたやすいものじゃよ。この箱は、縦に六行、横に七列あるから、六七四十二で、四十二とすぐに数えられる」

瀬戸内翁は数に強く、私はこの後彼から九九などの計算方法を教わり、その後の盗賊稼業で大いに役立ちました。

話は戻りますが、船荷の数が四十二とわかると、武藤太がこう言いました。

「俺達はちょうど七人いるから、一人六箱で等しく山分けしよう」

すると、この提案に薙刀四郎が異議を唱えました。

「馬鹿言え、武藤太。俺は商人を三人海へ放り捨てたが、瀬戸内翁は一人しか放り捨てちゃいねえ。それなのに、どうして俺と同じ取り分を貰えるんだ」

「何を言うんだ、薙刀四郎。武藤太の提案に歯向かうって言うのか」

夜目次郎が、すかさず薙刀四郎を咎(とが)めます。私は、夜目次郎もまた一人しか商人を放り捨てていないのを覚えていたので、武藤太の提案に賛成するのは何も幼なじみに対する身びいきだけでなく、自分の損得もあるのだと察しました。

「だったら、この中で一番多く商人達を海へ放り捨てたのは、強力五郎だ。何せ、一人で五人も放り捨てていたのだからな。取り分は、強力五郎が一番貰(もら)うべきだろう」

鰐三郎に言われたものの、強力五郎はよくわかっていない様子でした。

「お、おいら、み、み、みんなが、な、な、仲良くしてほしいな」

彼は自分の取り分が増えるより何より、仲間の輪を大事にしていました。海賊にしておくにはもったいないほどの善人です。

けれども、商人を多く始末した者ほど取り分を多くするという方向に話がまとまりかけていたのに、肝心の強力五郎が取り分に無関心でしたので、話は一からやり直しになってしまいました。

　このままでは、取り分を巡って仲間割れが起きかねません。

「まずは船荷をすべて都へ売りさばきに行かないか。今、都は飢饉（ききん）が始まっていて、米なんて大宰府の十倍の値で買い取ってくれるだろうよ。そうやって船荷をすべて銭に替えてから、改めて取り分を決めよう。幸いなことに、俺の知り合いの大殿（おおとの）という大盗賊は商人達に伝手（つて）があるんで、よい買い手を見つけてくれる」

　私の提案に、武藤太が一も二もなく賛成してくれました。

「そいつは、名案だ。よし、水夫ども。死にたくなければ、この唐船を都まで漕いでいけ。俺達を送り届けた後は、おまえ達は故郷に帰っていい」

　水夫達は、殺されずにすむとわかると、「えいや、えいや」と、えいや声と呼ばれるかけ声を上げながら、大喜びで唐船を瀬戸内へ向けて漕ぎ出しました。

　二十四人もいたので、その速さと言ったら、普通の船の何倍もの速さでした。

　逆巻く紺碧（こんぺき）の波を真っ二つに切り裂き、船の周りのあぶくが白く線を描くさまは、それはそれは見事なものでした。

船縁に立っていると、頻繁に波飛沫が飛んできてあっという間に濡れてしまいますが、いつになく暑い夏でしたので、かえって気持ちがよいくらいでした。

私が海に見惚れていると、鰐三郎が小突いてきました。

「おまえが余計なことを言うから、すぐに船荷を分けられなかったじゃねえか」

鰐三郎は、不満げに顔を歪め、私を睨みつけていました。

そう言えば、鰐三郎も薙刀四郎と同じく、三人の商人を海へ投げ捨てていました。

あの時、多く海へ商人を捨てた者が多く取り分を得るべきだと言って、強力五郎を賞賛した裏には、自分の取り分を増やそうとの企みが隠れていたのです。

「そう焦るな。都へ行けば、大宰府で売りさばくよりも、高く船荷を買い取ってもらえるんだ。分け前は、銭に替えてから――」

「――俺は、早く分け前がほしいんだよ。それを小賢しいことを言って先延ばしにしやがって」

目先の欲に囚われた鰐三郎は、都へ行けば船荷の値打ちがもっと上がると説明しても、聞く耳を持ちません。

あまりの愚鈍ぶりに、相手にするのも馬鹿馬鹿しくなってきました。

「だったら、こんな所でこそこそと己に文句をつけるような臆病な真似はせず、己よりもよい案を武藤太に言えばよいだけの話だ。そんなことだから、いつまで経っても、目下の者に威張るだけしか能のない小物止まりなんだ」

「何をっ」

鰐三郎が拳を振り上げたところで、強力五郎がその手首をつかんで止めてくれました。

「な、な、仲間同士、け、け、喧嘩はよせよぅ」

強力五郎が大声で泣きながら叫んだので、武藤太達がいっせいに駆けつけました。

「何だ、喧嘩だと」

「鰐三郎も平六も、くだらんことをしておる場合か」

口々に仲間達から言われ、鰐三郎は舌打ちをすると、私から離れていきました。

「鰐三郎は、仲間なんだぞ。仲良くしろよ」

武藤太が呆れ顔で笑いながら、私に注意しました。

「していたとも。だから、あいつ、自分の足で歩いて立ち去れただろう。仲間だと思っていなかったら、とっくに刀であいつの胸を一突きしていた」

私が答えると、大口を叩いたと思ったのでしょう。薙刀四郎が腹を抱えて笑いました。

「威勢がいいな、平六は」

「わしの若い頃も、こんな感じだったのう」

瀬戸内翁が、微笑みました。

「瀬戸内翁、あんたは平六ほど美男子じゃなかったろう。勝手に昔の自分を美化しなさんな」

夜目次郎が瀬戸内翁をからかった声が聞こえたらしく、私達の輪から離れていた鰐三郎が吹き出しました。

「わ、わ、鰐三郎が笑った。こ、こ、これで、み、み、みんな仲良し」

強力五郎が泣きやんだところで、私達はようやく平穏を取り戻しました。

やがて豊前国(ぶぜん)（現在の福岡県と大分県の一部）と長門国(ながと)（現在の山口県の一部）の間の海を抜け、瀬戸内の海に入りました。

数えきれないほどの島々が居並ぶ瀬戸内の海を一望するや、瀬戸内翁が今までになく生き生きとしてきました。

「瀬戸内の海の水先案内は、わしにまかせとけ」

瀬戸内翁は、水夫達にどこの潮の流れが危険か、口を酸っぱくして教えこみ始めました。

すると、水夫の一人が恐る恐るこう言いました。

「旦那(だんな)方、潮の流れが安全なのはわかりました。でも、この海域は通らない方がええ」

「どうしてだ」

武藤太が、首を傾げました。

水夫は、生唾(なまつば)を飲みこんでから語り出しました。

「六波羅入道がお亡くなりになられ、瀬戸内を押さえていた平家の勢力が緩んだせいか、今年の春からこの海域には、百中大夫(ひやくちゆうだゆう)という恐ろしい弓の名人の海賊が出るようになったんだ。あのお方は、瀬戸内に無数ある島影に船を隠すか、または陸に身を潜めるかして矢を射てくる。しかも、夜でも敵を船から射落とすほどの腕前を持ち、他の海賊から宝を横取りにするのを生業(なりわい)にされとる。だから、わいら水夫達は絶対にこの海域を使わねえようにしとるんだ」

この水夫が語り終えると、近くにいた他の水夫達も口々に百中大夫という海賊を恐れ始めました。

ここまで海の男である水夫達を恐怖させるとは、相当恐ろしい海賊なのでしょう。私は百中大夫の襲撃に用心しようと武藤太達へ言いました。

けれども、武藤太達は単なる噂だと笑い飛ばし、まともに取り合おうとしません。

「平六は、海賊稼業が初めてだから知らんだろうが、その手の噂は嘘が多いんだ。気にするな」

武藤太が、私を笑った直後でした。

武藤太の横にあった帆柱に、青く染められた矢羽根の付いた矢が深々と突き刺さりました。

最初、何が起きたのか、私達は誰一人としてわかりませんでした。

けれども、水夫達は迅速でした。

すぐさま各自の持ち場に戻ると、凄まじい速さで櫓を漕ぎ始めたのです。

その間にも、矢が雨のように射かけられてきました。

「嘘だろう。船が見えないってことは、島から矢を放っていることになるが、島はあんなに遠いぞ」

夜目次郎が、伏せながら叫びました。

「とにかく早くあの島から遠ざかるんだ」

鰐三郎と薙刀四郎が、声をそろえて水夫達をどやしつけます。

その甲斐あって、陸地が見えなくなると、矢は当たらなくなりました。

しかし、その頃には唐船は見るも気の毒な有様となっておりました。

百中大夫の矢が、至る所に突き刺さっていたからです。

「旦那方、船を修理したいんですが、よろしいですか」

水夫達は、痛ましそうに唐船を見ながら、提案してきました。

「いいだろう。その代わり、大工道具を武器にして俺達に襲いかかろうなどと考えないことだな」

武藤太の言う通り、大工道具には鋸(のこ)や金槌(かなづち)、手斧(ちょうな)など武器になり得る物がたくさんあります。それらを水夫達に持たせたら、こちらへ攻撃してくるかもしれません。そこで私達は、水夫達が修理をする間、睨みをきかせることにしました。

「この筵帆はもうだめだ。予備の物にかけ直そう」

私が見張っていた水夫達は、そう言って猿のように素早く起用に帆柱に登ると、家よりも大きな蓆帆を鮮やかな手つきで下ろしました。そして、手際よく新しい筵帆をかけ直したのです。見事なものだと私が見惚れていると、強力五郎も隣で無邪気に見惚れていました。

さて、そんなこんなで夕方を迎えた私達は、唐船の碇(いかり)を下ろしました。夜の海を進むのは危険であるのと、水夫達を休ませてやるためです。

私達は、彼らに船荷に手をつけたら即座に海へ放り捨てると言い聞かせてから、船倉に押しこめました。船倉には、水夫達が食事を煮炊きする場所があったので、飢え死にする心配はありませんでした。

それから、商人達が積んでいたごちそうの残りが屋形にたくさん残されていたので、私達はそれを頂戴して船の上で宴を始めました。

私は宴の最中に、水夫達二十四人が力を合わせていっせいに襲いかかってきてはたまらないので、踏立板と船倉を繋ぐ上げ蓋の上に、積み荷の中にあった神楽鈴を置きました。こうすれば、水夫達が上げ蓋を開けた時、神楽鈴が転がって大きな音を立てて鳴るので、船倉から出ようとするのがすぐにわかるからです。

「百中大夫が何するものぞ。我らは見事に逃げ切れた」

「おうともよ」

みんなで意気揚々と宴をするうちに、酔いがまわってきたのでしょう。

瀬戸内翁は若い頃に宋の海賊から教わった刀を振り回す舞を始め、武藤太は大笑いしながら屋形の中に敷かれた畳の上を転がりました。夜目次郎も大笑いしながら屋形の屋根に登り、衣を脱ぎ捨てて褌だけになりました。鰐三郎は何が楽しいのか、土器を海へ放り投げて遊んでいました。薙刀四郎はよい声で歌い始めたので、私がそれに合わせて篳篥を吹くと、強力五郎が手拍子を打ちました。

本当に楽しい宴で、気がつけば空には月が出ておりました。

けれども、私達は夜明けまで飲み、浮かれ騒ぐつもりでしたので、むしろこれからが宴の本番だと思っておりました。

それなのに、強力五郎が早々に右舷側の船縁に寄りかかって酔いつぶれていました。

「しっかりしろ、強力五郎。まだ宴は始まったばかりだぞ」

武藤太が、強力五郎を揺さぶりました。

すると、何ということでしょう。

強力五郎は起き上がるどころか、踏立板に倒れこみました。

背中に、深々と青い矢羽根が突き刺さっていたからです。

よほど凄まじい威力で刺さったのでしょう。強力五郎の背中はひどく血塗れで、背中の衣は鏃よりも大きく裂けていました。

驚き、恐怖しながらも、私達は強力五郎の屍を検めるため、恐る恐る衣を脱がせると、彼の背中には鏃よりも大きな矢傷ができていました。

矢は、心の臓を一突きにしており、強力五郎が悲鳴一つ上げる間もなく息絶えたことがわかりました。

「この矢、百中大夫の矢じゃないか」

夜目次郎が、恐怖を押し殺した声で言いました。

「もしかして、俺達の誰かが、どこかに刺さっていた百中大夫の矢を弓につがえ、強力五郎の背中めがけて放ったのか」

夜目次郎は、細い目で疑い深げに私達を見回します。

「馬鹿を言うな、夜目次郎。俺達の弓矢はすべて屋形の中にしまってあるだろう。酒で浮かれていたとは言え、俺達は全員踏立板の上に出ていたんだ。屋形から弓を持ち出してきた奴がいたら、嫌でも目につくだろう。だが、それがなかったということは――」

武藤太の言葉を引き継いだのは、意外にも鰐三郎でした。

「――まだ百中大夫が、俺達をつけ狙っているということか」

鰐三郎は、用心深げに夜の海へ目を向けました。

「獲物である俺達への見せしめとして、強力五郎を仕留めたのか」

薙刀四郎が、苦々しげに言います。

「鏃よりも大きな矢傷を負わせるとは、百中大夫はかの源為朝の再来か」

瀬戸内翁は、強力五郎の屍に両手を合わせながら、呟きました。

源為朝とは、その昔、強力な矢を放って船を沈めた伝説を持つ弓の名人の武士です。

その話を聞いた時は、大袈裟な作り話だと思いましたが、実際に変わり果てた強力五郎の屍を見ると、あながち嘘ではない気がしてきました。

武藤太は、かわいい弟分が殺され、激怒しました。

「百中大夫の仕業と言うが、今は夜だ。たとえ弓の名人とは言え、人に当てられるわけがない。水夫の誰かが、さっき襲われた時に残っていた矢を使って、俺達への意趣返しに一番人を疑うことを知らない強力五郎を殺したんだ」

「そいつはないぞ、武藤太。己は、船倉に通じる上げ蓋の上に、神楽鈴を置いていたんだ。あいつらのうちの誰かが己達に襲いかかってきたら、すぐに気づけるようにな。だが、神楽鈴はいまだに鳴っていないどころか、己が置いてきた時といまだに同じ場所にある」

私の言葉に、誰もが青ざめました。

水夫達が、強力五郎を殺害することができないとわかったからです。

それは同時に、百中大夫が恐ろしい威力の矢を放つ弓の名人であることを思い知った瞬間でもありました。

「とりあえず、屍をいつまでも船に乗せておいたら腐っちまう。海へ葬ってやらんとのう」

瀬戸内翁が、痛ましげに強力五郎の死に顔を見ながら言いました。

都でお暮らしの方々は御存知ないかもしれませんが、船の上で亡くなった者は、海へ葬る決まりとなっておりました。

私達は涙をこらえながら、大男の強力五郎の屍を持ち上げると、海へ投げ入れました。

しばらくの間、強力五郎の屍は波間に漂っておりましたが、しばらくして浮き沈みを繰り返し、やがて夜の海へと沈んでいきました。

武藤太と夜目次郎にとって、強力五郎は幼なじみでもあったので、二人は最後まで強力五郎を見送っていました。

「百中大夫は、まだ己達のことを諦めてはいないんだ。また誰かが強力五郎のようにならないよう、用心しよう。差し当たって、己は水夫達に、百中大夫に狙われているのでこれからは用心して船を漕ぐよう伝えてくる」

棟梁の武藤太が、見るからに打ちひしがれていた様子でしたので、私は自分から必要なことを申し出ました。

「棟梁でもないのに、勝手に決めるな。生意気だぞ」

鰐三郎が、またも私に噛（か）みついてきました。

「いいんだ。俺も同じことを考えていた。もう大丈夫だ。平六、おまえも強力五郎が死んでつらいだろうに、よくぞ言ってくれた」

武藤太に言われると、鰐三郎は口の中で文句らしいものをぶつぶつと唱えたものの、そのまま引き下がりました。

「鰐三郎。おまえは豪傑ぶっているが、てんで気が弱いな」

薙刀四郎が、せせら笑いました。

「何だと。聞き捨てならんぞ、薙刀四郎」

鰐三郎が、薙刀四郎に詰め寄ると、夜目次郎が割りこんできました。

「薙刀四郎の言う通りだ。おまえは自分こそ一番だと思っているが、結局大事なことを決められないし、裏でこそこそ愚痴を漏らしているだけの卑怯（ひきょう）者だ。そんなに自分が一番だと言いたいなら、百中大夫を倒してからにしろ」

起きているのだか寝ているのだかわからない細い目でしたが、夜目次郎がいつになく鋭く鰐三郎を睨んでいるのが伝わるほど、この時の彼は気迫がこもっていました。

鰐三郎は、すっかり気圧（けお）されたものの、そのことを私達に見透かされるのが嫌だったようで、

「言われなくても、強力五郎の弔い合戦をしてやるつもりだった。百中大夫が来たら、奴の許まで泳いで行って、海の底へ引きずりこんでやる」

と、語気を荒らげて強がって見せました。

「そいつは頼もしい。泳ぎなら、おまえの独壇場。百中大夫がわしらの船に矢を射るのに夢中になっている隙に、鰐三郎が泳いで行って海の底へ引きずりこめば、わしらに勝機がある」

これまで百中大夫に勝てるとは思ってもいなかった私達ですが、瀬戸内翁の言葉に、もしかしたら勝てるかもしれないとの希望が生まれ、おかげで仲間割れに歯止めがかかりました。

こうして夜が明けると、私達は水夫達に命じて慎重に船を漕がせながら、百中大夫の襲来に備えました。

けれども、何も起きないまま、夕日が沈んでいきました。私達は、夕日に合わせるように、碇を海に沈めました。

「もしかしたら、強力五郎を射殺（いころ）した時のように、夜の闇に紛れて矢を放つつもりかもしれないな」

武藤太が、顔を曇らせました。

「夜の見張りなら、俺にまかせとけ。夜目次郎の二つ名は見かけ倒しではない」

「百中大夫を見つけたら、すぐに海へ飛びこんで奴の許へ行くから、俺も見張りをする」

夜目次郎と鰐三郎がこの夜の見張りを申し出たので、私達は屋形の中で休むことにしました。

しかし、いつまた百中大夫が襲いかかってくるのかと思うと、上等な畳の上に横たわっているというのに、誰もが気になってなかなか寝つけません。

「おい、夜目次郎。眠いだろう。俺が変わるよ」

ついにまんじりともせず過ごすことに耐え兼ねた薙刀四郎が、夜目次郎へ呼びかける声が聞こえました。

「もういっそのこと、交代で見張りをしないか。どうせ誰も眠れやしないのだから」

武藤太の提案に、こんな時でもしっかり眠れている瀬戸内翁以外の全員が賛成しました。

船の上を見張り、眠くなってきたら、屋形の中の者に声をかけ、起きている者が引き受ける。

武士や貴族の方々ならばおよそ考えられないほど大雑把な見張りを、我々は始めました。

私は船の上だけでなく、水夫達を押しこめてある踏立板の下も見張りに行きました。

水夫達は、死んだように眠る者達と、眠れずにいるところへ海賊の私が下りてきたので怯えた顔で私を見つめる者達に分かれていました。

「よう、平六。踏立板の下まで見回りしているのは、おまえくらいだぞ」

踏立板へ戻ってきたところで鰐三郎に声をかけられ、私は驚きました。

けれども、すぐに気を取り直しました。

「百中大夫を手引きしている水夫がいないか、調べていたんだ。だが、灯(あか)りをつけて外に合図を送っているような様子の奴は一人もいやしない。つまり、百中大夫は自力で俺達の船をつけているんだ。まったくもって底知れない奴だ」

私が言うと、鰐三郎が持っていた弓矢を持ち直しました。

「大丈夫だ。遠くから矢を放つのが得意ということは、裏を返せば近くで戦うのは苦手ということだ。俺が泳いで百中大夫の船に乗りこんで首を取ってくるまで、おまえらが持ちこたえれば、こっちの勝ちだ」

鰐三郎は船縁に片肘を置き、夜の海を見やりました。

私も、鰐三郎の後ろで、海を見やりました。

月が隠れているせいで、海は見えないくせに波音だけがやけに大きかったことを覚えています。

その後、私は屋形へ戻り、またまんじりと眠れない時間を過ごしました。

いったい、誰が屋形にいて、いないのか、わからなくなってきた頃、空が白み始めてきました。

「百中大夫の奴、昨夜は結局現れなかったな」

屋形の中であくびをしながら、武藤太が言いました。

「今日もその調子で現れんでほしいものよ」

豪胆にも一晩中寝ていた瀬戸内翁は、剃刀で無精髭を剃って身ぎれいにしていました。

「しかし、瀬戸内翁。あんた、よくこの状況で眠れたな」

夜目次郎が、驚き半分感心半分で言いました。

「ここの畳は上等で、しかも新品だったからな。寝心地が格別によかったわい」

「眠れるときに眠っておくってことか、じいさん。長生きなわけだ」

薙刀四郎が苦笑してから、眉間に皺を寄せました。

「おい、平六。鰐三郎はいないのか」

「まだ見張りをしているんだろう。ちょっと見てくるよ」

薙刀四郎が不安げな様子でしたので、私はあくび一つしてから屋形を出て踏立板に出ました。

空は白みがかった薄い青がどこまでも広がり、海は金や銀に染まっている、とても美しい朝でした。

ところが、屋形から少し離れた左舷側の船縁を見た途端、その美しさを堪能(たんのう)している場合ではなくなりました。

「大変だ、みんな。鰐三郎がやられている」

私は、すぐさま大声で仲間達を呼び、変わり果てた鰐三郎の許へ連れて行きました。

鰐三郎は踏立板にうつ伏せで倒れていました。背中に青い矢羽根のついた矢が刺さっていなければ、まるで眠るように穏やかな様子をしておりました。

駆けつけた仲間達は、息を飲みました。

「そんな馬鹿な……」

かすれた声で武藤太が呟きました。目は恐怖で大きく見開かれ、握りしめた拳は小刻みに震えています。

「強力五郎の時よりも、背中の血が少ない。まだ息があるかもしれん」

瀬戸内翁が、大股(また)で鰐三郎に近づき、首筋に手を当てて脈を確かめました。

それから、口をへの字に曲げ、無念そうに首を横に振りました。

鰐三郎も、死んでいたのです。

「かわいそうに、矢が刺さって倒れた拍子に船縁に頭をぶつけたらしいのう。頭の下の踏立板に血が付いておるわい」

瀬戸内翁が、吐き出すように言いました。

「なあ、おかしくないか」

夜目次郎も、瀬戸内翁に続いて鰐三郎の屍に近づきました。

「鰐三郎の背中の衣が、強力五郎の時と違ってそんなに裂けていないぞ。それに――」

言いながら、夜目次郎は鰐三郎の衣を剝ぐと、私達に見えるように背中の傷を見せました。

「――強力五郎の時は鏃よりも矢傷が大きかったのに、こいつの場合は鏃と矢傷の大きさが同じだ。もしかして、鰐三郎に何かと喧嘩を売られていた平六が、船の外壁かどこか目立たない場所に刺さっていた百中大夫の矢を使って、鰐三郎を射殺したんじゃないのか」

夜目次郎の言葉に、仲間達は一様に私を疑わしげに見つめてきました。

私は、思わず笑ってしまいました。

「よく考えてくれ。弓は、屋形の奥にしまってあったんだぞ。持ち出そうとすれば、寝ている誰かにぶつけて気づかれる危険が高い。そんな危険を冒してまで弓を屋形の外へ持ち出して鰐三郎を射殺しても、今度は弓が大きくて目立つので見張りに出ていた誰かしらに見られてしまう。もしも目立たないように弓を使わず、素手で背中に矢を突き刺したとしても、あの鰐三郎がおとなしく息絶えるだろうか。己はとてもそうは思えないね。あいつは矢で刺されたら、最期の力を振り絞って下手人に襲いかかっただろう。そうなれば、下手人は無傷ではすまないし、誰かしら争う声や物音を聞いたはずだ。しかし、己はこの通り怪我をしていないし、誰も争う声や物音を聞いていない。だから、己は下手人ではない。もっと言えば、今ここにいるみんなも、怪我一つしてないから、下手人なんかじゃない」

「すると、やはり百中大夫の仕業なのか。だが、そうなると、どうして鰐三郎の矢傷は、強力五郎の時とは違うんだ」

薙刀四郎が小首を傾げました。

「恐らくだが、前回と矢傷が異なるのは、百中大夫が強力五郎の時は近くから、鰐三郎の時は遠くから矢を放ったのではないか。だから、矢傷の大きさが変わったんだ」

私は自分で言いながら、なるほどよい説明だと思いました。

それは、仲間達にとっても同じでした。

「強力五郎が殺された時も、船影一つ見えなかったが、鰐三郎の時はもっと離れた所から矢を放って当てたと言うのか。恐ろしいものだのう」

瀬戸内翁が、身震いしました。

「まったくだ。これからは踏立板に出る時には刀や弓矢と言った武具の他に、楯も持ち歩くとしよう」

そう言って武藤太は、鰐三郎の屍を強力五郎の時と同じく海へ葬ってから、踏立板に置かれていた楯を私達に配りました。

ところが、新たに用心した私達を嘲笑うかのように、その日の晩、またしても死者が出ました。

「大変だ。薙刀四郎が死んでおる」

瀬戸内翁の悲鳴で、私達は屋形から楯を小脇に抱えながら飛び出しました。

瀬戸内翁は、屋形の裏手にいました。見張りをするついでに酒を飲んでいたのでしょう。近くに行くと酒の匂いが鼻を突きました。

本来なら青ざめるはずの顔は丹色に染まり、凍りついた目で船縁にうつ伏せになっている薙刀四郎を見ていました。

薙刀四郎は、薙刀と楯を傍らに置いたまま、両手は船尾の船縁の外へ投げ出し、背中に青い矢羽根の矢が刺さった冷たい屍となっていました。

背中の衣は鏃よりも大きく裂け、ひどく血にまみれていました。

「楯も意味がないのか」

武藤太が両手で顔を覆い、悲痛な声を上げながらその場に崩れ落ちました。

私よりも背が高い彼が膝をついたことで、肩に藁屑が付いているのが見えました。

「おい、あそこを見ろ。島影のところだ」

夜目次郎が突然叫ぶなり、船縁から身を乗り出して指差しました。

その先には島影があったのですが、先程まで見えなかった小さな灯りが見えました。

「百中大夫が、あそこから矢を射ってきたんだ」

夜目次郎が金切り声を上げるなり、踏立板に伏せたので、私もすぐに伏せました。

「おのれ、百中大夫め」

武藤太はすぐさま船縁に片足を乗せるや、持っていた弓を振り絞り、灯りめがけて矢を放ちました。

「仲間達の仇じゃ」

意外にも、瀬戸内翁が持っていた自分の楯と薙刀四郎の楯を立てると、その陰に隠れながらも勇ましく矢を放ちました。

武藤太と瀬戸内翁が競うように矢を放ち、そろそろ二人の矢がつきかけたころ、灯りが消えました。

「よし、百中大夫を追い払えたぞ」

武藤太が、声を弾ませました。

「やれやれ、わしがもう少し若ければ、仕留められたかもしれんのに」

瀬戸内翁が、酒臭い息を大きく吐き出しながら言いました。

それから人心地ついた私達は、薙刀四郎の屍を海へ葬りました。

彼が愛用していた薙刀も一緒に付けて重石にしたので、強力五郎や鰐三郎の時とは違い、薙刀四郎の屍はすぐに波間へと消えていきました。

「いつまでも踏立板に出ているのは危険だ。屋形に入ろう」

夜目次郎が、楯を両手で持ちながら辺りを見回します。

「その前にみんな、確かめたいことがあるんだ。一緒に踏立板の下に来てくれないか」

私には、先程から気にかかっていたことがあったのです。

「確かめたいこととは、いったい何なんだ、平六」

「踏立板の下にいるのは水夫達くらいだろう」

「あいつらが百中大夫を手引きしていないかと確かめるのか」

生き残った三人の仲間は、そろって訝しげな顔をしましたが、私はとにかく彼らに踏立板の下に来てもらいました。

踏立板の下は、船倉が二つあります。

そして、この二つの船倉を繋ぐ通路となっている場所には、百中大夫に襲撃された時、破れて使い物にならなくなって折りたたまれた筵帆と大工道具の入った箱が置かれていました。

「いったい、何を確かめたいんだ」

しびれを切らしたように夜目次郎がせかしました。

私は慌てず騒がず、筵帆を広げにかかりました。

筵帆は家よりも大きいのですが、最初に広げた部分に乱暴に切り取った跡が残っているのが一目瞭然でした。

「何だこれは。どうして筵帆がずたずたに切り裂かれておるんだ」

瀬戸内翁が首を傾げました。

私はその問いに答えず、代わりにこう言いました。

「まずいな。このままだと、俺達は皆殺しにされかねないぞ」

＊

私が話し終えると、固唾(かたず)を飲んで聞かれていた成季様が長々と息を吐かれました。

「いったい、若い頃のあなたは、何に気がついて、そのようなことを言ったのですか。いえいえ、まだ答えないで下さい。考えますから」

成季様は、愛想よく言いました。

「鎌倉の武士達に取り締まられることなく盗賊が海賊になって気ままに生きられた話も、船の上で人がどんどん殺されていく話も、今まで聞いたことがないや」

明けの明星は、無邪気に顔を輝かせます。出家しているとは言え、やはり血気盛んなお年頃。この手の話には、血が騒ぐようです。

「ほほう。これが噂に名高い盗賊小殿の謎かけか。しかし、これはいささか容易(たやす)い謎かけではないか」

上皇様は、優雅に微笑まれながら脇息に寄りかかりました。

「船の上で起きた人殺しは、百中大夫の仕業などではなく、海賊達のうちの誰かの仕業なのであろう。踏立板に弓を持って出れば目立つし、弓を屋形から持ち出そうとすれば人にぶつかって見つかってしまうだろうが、船の屋形には物見がついている。だから下手人は、屋形の中から物見越しに矢を放ち、仲間達を殺していったのではないか。一晩につき一人だったのは、できるだけ誰かに見られる危険を避けるためだ」

どうだと仰せにならんばかりのお顔で、上皇様は私の答えを待ちました。

「当たらずとも遠からず。理にかなったお考えでございます。しかしながら、これまで殺害されてきた海賊達の亡くなった場所を思い出して下さいませ」

上皇様は、扇で上品に口元を隠し、目を天井に向けました。

それから、残念そうに頬を膨らませました。

「……強力五郎は右舷側の、鰐三郎は左舷側の、薙刀四郎は屋形の真後ろの、それぞれ船縁のそばで息絶えていたな」

「よく覚えておいででしたね、上皇様」

成季様が尊敬の眼差しを向けたので、上皇様は胸を反らされました。それから、面白くなさそうに眉間に皺を寄せられました。

「それはよいとして、だ。気づかぬか、成季」

「何がでしょうか、上皇様」

「余が先程言った、屋形の中から物見越しに矢を放って仲間を殺したという説では、筋が通らぬことよ。屋形の戸口は右舷側にあったと言うので、最初の強力五郎殺しの際、下手人は戸口から身を乗り出して矢を放たねばならぬ。それでは、たとえ酔いが回った海賊達でも気がつくであろう。だが、実際のところ、誰も気づいていなかった。とすれば、この殺し方ではなかったのだ。二番目の鰐三郎殺しは、物見から矢を放って殺害ができるが、不規則に見張りが交代して屋形に人が出入りする中で、物見から身を乗り出して矢を放っては、見つかる危険が大きい。したがって、これもまた屋形の中から矢を放って殺害してはいないということになる。最後の薙刀四郎殺しに至っては、屋形の真後ろだ。物見からいくら身を乗り出しても矢を当てることはかなわぬ」

さすが上皇様。私のささやかな御指摘で、すぐに御自身の説の矛盾に気がつかれました。ただ、御不興を買いはしないか、いささか不安です。

しかしそれは杞憂で、上皇様はすぐに気をお取り直しあそばされました。

「毎晩違う場所で仲間達が殺されていたとなると、もしかしたら潮の流れが関係していたのかもしれぬ」

上皇様は、何やらひらめかれた御様子です。

「潮の流れが、どのように関係するのでしょうか、上皇様」

明けの明星が、恐る恐る訊ねました。

「明けの明星は、船で旅をしたことがないから知らぬであろうが、海には潮という流れがあるのだ。それは、月の満ち欠けや土地によって変わる。百中大夫が弓の名人であると同時に、水練の名人であったとすれば、瀬戸内の海の潮の流れを熟知し、夜陰に乗じて船に近づき、たまたまその日の潮の流れでたどり着いた場所から船に上がり、海賊達を矢で突き殺していったのだ。殺しが夜に行なわれたのは、碇を沈めて船が停泊していて、泳いで接近しやすかったからであろう」

困りました。

なまじ、御本人様が水練に長けていらっしゃるせいでしょうか。

私がうかつな助言をしたせいで、上皇様が別の答えにたどり着かれてしまいました。

ここは正直に詫(わ)びねばなりません。

「申し訳ございません、上皇様。私が余計なことを申し上げたせいで、真相から遠ざけてしまいました。百中大夫が水練の名人だとしても、殺しを終えた後に海へ飛びこめば、船倉に押しこめられている水夫達がその音に気づいたでしょう。しかし、水夫達は誰も水音がしたとは言いませんでした」

見る見るうちに上皇様の御顔が不機嫌におなりあそばされたので、私は急いで付けたしました。

「けれども、上皇様が今、お考えになられたことの中には一つだけ真実がございましたので、当たらずとも遠からずでございます」

「ほう、一つは真実を言い当てていたか」

上皇様は、瞬く間に晴れやかなお顔になられたので、私は安堵しました。

「いつになく難しい謎かけだな、小殿。吾は皆目見当もつかない」

「弱音を吐くものではないですよ、明けの明星。とは言え、私も考えてはいるものの、いっこうによい答えが浮かばず。上皇様は少しずつ真相に肉薄されて行かれているのに、臣下である我々がまったく答えにたどり着けないとは、情けない話です」

　明けの明星と成季様が額を寄せ合わせて考える姿を見て、上皇様は気をよくされたようです。また何かひらめかれたお顔になられました。

「こうとも考えられるな。雇い主である商人達を海賊達に皆殺しにされ、恨みがあった水夫達が、船の修理中に手に入れた百中大夫の矢を何本か隠し持ち、踏立板で眠っていた海賊めがけ、踏立板の隙間から矢を突き刺したのだ。水夫達が押しこめられていた船倉は踏立板の下にあるので、彼らにしてみれば天井へ矢を突き立てるようなものだ。こうすれば、返り血を浴びることもなければ、海賊達に疑われることもなく、海賊を殺すことができる」

　どうしましょう。

　うかつな助言をしたせいで、上皇様がどんどん真相から遠ざかっていってしまわれています。助言とは、まことに難しいものです。私はためらいがちに口を開きました。

「殺された者の中には、なるほど踏立板に横たわっていた者がいたので、その殺し方もできましょう。しかしながら、他の二人は船縁に寄りかかるようにして死んでいたので、その方法では殺すことはできません。ですから、水夫達は下手人ではございません。当たらずとも遠からずと言ったところです」

　見るからに上皇様が不機嫌な御顔になられたので、私は背中に冷たい汗が吹き出るのを感じました。

　気まずい気配を察して下さったのでしょう。

成季様が、悔しそうなお声を上げました。

「私が一つ目の考えをまとめる前に、三つもの答えをお考えになられるとは、さすが上皇様でございます。臣下として、上皇様によい所をお見せしたいのに、悲しいかな、全然よい知恵が浮かびません。上皇様には悪いのですが、ここは降参してもよろしいでしょうか」

上皇様は、上品な声で御笑いになられました。

「しょうもない奴め。明けの明星よ、そちは考えられたか」

上皇様に話しかけられ、明けの明星は緊張した面持ちになりました。

「恥ずかしながら、まだでございます、上皇様。吾はこれまで二度ほど謎かけに挑みましたが、今回の小殿の謎かけは特に難しいのです。それにも拘(かか)わらず、三つもの答えをお考えになられ、小殿に当たらずとも遠からずとの言葉を引き出された上皇様はすごいです」

「世辞はよい。余は、考えられたのかと訊(き)いておるのだ、明けの明星よ」

「……申し訳ございません。吾の頭では、何も考えつかないです」

明けの明星は恐縮しきって体を小さくしました。

彼には悪いのですが、それがよかったのです。

上皇様の御機嫌が直られたからです。

「成季と言い、そちと言い、不甲斐ない。小殿、このままでは話が進まぬ。種明かしをしてやれ」

成季様は意図されてでしたが、明けの明星の巧まざる態度が、上皇様の御機嫌を直したのです。

私は内心二人に感謝してから、居住まいを正しました。

「承知いたしました。それでは、種明かしといたしましょう」

＊

「いきなり何を言い出すんだ、平六」

「武藤太の言う通りだ。戯言でもそういうことは言うものではない」

「じいさん、優しく言い聞かせてもだめだ。こういう奴は、拳で言い聞かせなくては」

夜目次郎が拳に息を吹きかけたので、私はさりげなく彼から離れました。

「己はわかったんだ。これまで仲間達を殺した下手人は、この中にいる」

私が言うと、三人は笑いました。

「さっきから、平六は突拍子のないことばかり言うのだな」

「百中大夫の仕業だとわかりきっておろうに」

「やっぱり、一回拳を食らわせた方がいい」

私がまだ若造なので、まともに取り合う気がないというのが、三人の態度からありありと伝わってきました。

けれども、このままでは自分の命が脅かされるので、引き下がる気はありません。

怯えるあまり戯言を言っているのではないことをわからせるため、私は堂々とした口ぶりで語り始めました。

「あんた方は、名立たる海賊だ。ならば、知っているはずだ。人間は矢が刺さったまま死ぬと、血が少しずつしか流れ出ないことをな。たとえ衣に血がついたとしても、矢の周りだけだ。その証拠に、二番目に殺された鰐三郎の傷はその通りだった。だが、一番目の強力五郎と三番目の薙刀四郎は違っていた。衣はひどく血に塗れていた」

「それは、百中大夫の矢が強かったからだろう」

武藤太が、何を今さら言い出すと言わんばかりに眉を顰めました。

「己も最初はそう思ったさ。だが、薙刀四郎が殺されていた時、夜目次郎がすぐに島影に灯りを見つけただろう。あのくらいの距離から放った矢で、背中が血塗れになるなら、強力五郎が殺された晩にも、夜目次郎が灯りを見つけられたはずだ。だが、それはなかった。もしも、灯りが見えないほど遠くから矢を放ったのであれば、島影に灯りが見えなかった強力五郎と鰐三郎の背中の傷が同じにならなくてはいけない。だが、みんなも覚えている通り、実際は違った」

「言われてみれば、そうだのう。今夜は灯りが見えたが、他の晩は見えなかった。ならば、薙刀四郎だけが他の連中と違う屍にならなきゃならん。いったい、何がどうなっているんだ」

瀬戸内翁が、途方に暮れた顔になりました。

これは、私の話に耳を傾ける気になった証です。私は勢いを得て答えました。

「射殺されたと考えるから、わけがわからなくなる。これは、一度腰刀で刺し殺した後、その傷口へ船の修理中にあらかじめ隠し持っていた百中大夫の青い矢羽根の矢を刺しこみ、百中大夫に殺害されたように見せかけていたと考えれば、何もおかしくはない。島影の灯りが見えようと見えまいと、下手人は密かに背後から近づいて強力五郎と薙刀四郎を刺し殺しただけなんだからな。毎晩一人ずつ殺されていったのは、人目につかないためであることはもちろん、碇を沈めて船の揺れが収まって足場が安定し、刺し殺しやすい条件になっていたからだったんだろうよ」

私はいったん言葉を切り、三人の様子を窺いました。

今や三人は、すっかり私の話に聞き入っていました。

「そうなると、矢で射殺されたことに何の矛盾もない鰐三郎一人は確かに百中大夫に殺されたと言える。だが、あとの二人を殺した裏切り者はこの中にいるということになる」

裏切り者という言葉に、三人は目に見えて狼狽え始めました。

「俺達の中に裏切り者がいると言うのか。ふざけるな」

「新入りのおまえこそ、裏切り者なのではないのか」

「だいたい、平六が今言った殺し方だと返り血がついちまうじゃないか。だが、返り血塗れの奴なんて、ここには一人もいないだろう。言いがかりもいいところだ」

三者三様で憤慨する彼らに、私は先程の筵帆を手に取って見せました。

「百中大夫の仕業ではない証なら、しかとある。このずたずたになった筵帆だ」

「どういう意味だ」

武藤太が怪訝(けげん)そうに訊ねました。

「この筵帆には見ての通り、切り取られた跡がある。では、切り取られた筵帆の切れ端は、どこへ消えた。船の中には、どこにも見当たらないぞ」

私に訊かれ、彼らは顔を見合わせました。

それから、瀬戸内翁が水夫達を押しこめている船倉と、船荷が積まれている船倉の両方を見に行ったので、私達もそれに倣いました。

しかし、筵帆の切れ端はついに見つかりませんでした。

「筵帆が切り取られたのは間違いないのに、切れ端がないなんてどういうことだ」

瀬戸内翁が、首を傾げました。

「それは、下手人が返り血を防ぐために蓆帆を切り取って体に切れ端を巻きつけたからだ。こうすれば、自分の衣は返り血塗れにならずにすむんでな。さすがに手は血だらけになるだろうが、そんなの船縁へ行って波飛沫で洗い流してしまえばいい。そして、血塗れになった筵帆の切れ端を海へ放り捨ててしまう。だから、どこにも見当たらないのさ」

「確かに海へ捨ててしまえば、見つからないよな」

武藤太は肩透かしにあったように呟きました。

「すると、百中大夫ではなく、裏切り者が仲間達を殺していったのかよ……」

夜目次郎は愕然(がくぜん)としましたが、そこは海賊です。

いつまでも落ちこんでなどいませんでした。

「だが、平六よ。今のおまえの話だと、俺達の誰にだってできたことじゃないか。誰にでもできる方法を突き止めても、下手人を絞りこめない。つまり、俺達の命が危ないことには変わりないぞ」

夜目次郎の抗議は予想がついていたので、私は慌てず騒がず答えました。

「おいおい。絞りこめていないのは、あんただけだ。己はすでに下手人を絞りこむ方法を突き止めている」

「本当か、平六」

武藤太が大きく目を見開きました。

「わしは皆目見当もつかん」

瀬戸内翁は、気弱そうにうめきました。

「しっかりしてくれ、みんな。ちょっとよく考えればわかるはずだ。いいか、下手人は、ここにいる誰よりも百中大夫が自分達を狙っていないことを承知していた。何しろ、自分が仲間達を殺して回っているんでな。だから、さっき島影に船の灯りが見えた時、百中大夫の矢に当たる危険を考えずに船の上で立ち続け、反撃の矢を放ちにかかることができた。もし百中大夫がいると思っていたら、己と夜目次郎のようにすぐに踏立板に伏せるか、瀬戸内翁のように用心のため矢を防ぐ楯を用意してから矢を放ったはずだ」

先程の出来事を思い出させると、息苦しい気配が私達の間に漂い始めました。

下手人も、そうでない二人も、だんだん私がたどり着いた真相に気づき始めたからです。

私は、仕上げとばかりに声を大きくしました。

「つまりあの時、とっさに伏せもせず、楯も用意しないで、ただちに矢を放った武藤太。あんたこそ、一連の仲間殺しの下手人なんだ」

私は、一年前に武藤太と知り合っていたので、人柄をよく知っているつもりでした。父親の海賊のように、他人の成功を素直に賞賛できる気前のよい人柄です。だから、私が下手人だと指摘したら、気前よく笑って認めるのかと思っていたのですが、そこは若者の浅知恵。

武藤太は、私の予期に反し、激昂し始めました。

「ふざけるな。俺が人一倍勇敢で、おまえらが臆病者なだけなのに、仲間殺しの汚名を着せられる屈辱をどうして味わわなければならないんだ。俺の行動の違いが下手人の証とは、こじつけもいいところだ」

武藤太の元々日焼けして赤黒い顔が、怒りのあまりさらに赤くなりました。

私は、武藤太という男を買いかぶり過ぎていたのだと悟り、所詮この程度の小物かと冷めた気持ちになりました。

知った仲の相手に裏切られて怒りが湧くほど、当時の私には情などの人らしい心が育っていなかったからです。

「下手人の証なら、あるさ。あんたの肩についている藁屑だよ。よく見たら、衣のあちらこちらに小さな藁屑が付いているじゃないか」

　本当は肩に藁屑が付いているだけでしたが、武藤太が大慌てで衣をはたき出したので、瀬戸内翁と夜目次郎は異様なものを見る目で見つめていました。

「船の上で藁屑が付くのは、筵帆を広げたり畳んだりする時くらいだが、それは水夫達の仕事で俺達海賊はしていない。では、どうして武藤太の衣に藁屑が付いたのか」

「そ、それは、屋形の畳の上に寝転がっていたからだ。忘れたのか。宴の時に俺が屋形の畳の上をごろごろと転がり回って遊んでいたことを。今夜だって、寝つけずに畳の上で何度も寝返りを打っていたから衣に藁屑が……」

　武藤太は青ざめていましたが、声は怒気を孕み、まだ強気でした。

けれども、この抗議が命取りでした。

「屋形の畳は、藺草でできた上等な畳だ。しかも新品だから、藺草の屑すら付かないぞ」

　夜目次郎が、声を張り上げました。

「そう。夜目次郎の言う通りだ。衣に藁屑が付くとしたら、それは蓆帆を切って体に巻きつけた時だけだ。つまり、武藤太。あんたの衣に付いている藁屑が、仲間殺しの動かぬ証というわけさ。せっかく畳の上を転がって衣に藁屑が付いていても怪しまれないようにしたかったのだろうが、畳が藺草でできていたせいで無駄だったな」

　私の指摘に、もはや言い逃れできないと思ったのでしょう。

　武藤太は隠し持っていた腰刀を取り出すなり、襲いかかってきました。

すでに武藤太を小物と見極めていた私は、こういうこともあろうと思っていたので、かわそうとしました。

ところが、意外なことが起きたのです。

「この、海賊の面汚しめ」

「なんで、強力五郎を殺したんだよ」

瀬戸内翁と夜目次郎が、目にも留まらぬ速さで、武藤太を押さえつけてくれたのです。

そのはずみで武藤太は持っていた腰刀を落としましたが、白木の柄(つか)が仲間達の血で黒ずんでいるのが見て取れました。

これで武藤太が下手人だと、瀬戸内翁と夜目次郎はますます確信しました。

特に夜目次郎の怒りは、凄まじいものがありました。

「鰐三郎や薙刀四郎はただの仲間だったが、強力五郎は俺達の大事な弟分だったじゃないか。しかも、俺達をとても慕ってくれていたかわいい奴だったんだぞ。殺す理由なんてどこにもなかったろう」

なまじ武藤太と幼なじみで、付き合いが長かったせいでしょう。これまでの武藤太への親しみが、怒りと憎悪に変わっていました。

「今のままだと、せっかく船荷を都で高く売りつけても、商人達を多く海へ投げ捨てた奴の取り分が多くなりかねなかったからだ。強力五郎も、薙刀四郎も、俺より多くの商人達を投げ捨てていただろう」

「そんなことのために……」

夜目次郎が、絶句しました。

瀬戸内翁が、武藤太の頭を岩のような拳で殴りつけました。

「強力五郎が多い取り分でも、あやつは幼子のようなもの。兄貴分のおまえが頼めば、気前よく取り分を分け与えただろうに」

すると、武藤太が俄かに声を荒らげました。

「強力五郎に頼んで取り分を分け与えられても、海賊としての名を上げられないだろうが。おまえらも海賊なら、わかるだろう。世間に名を轟かせるような大きな仕事をしてみたいとな。俺はそこの平六みたいに、たった一人で貴族の屋敷からまんまと白珠を盗みおおせたような大仕事を成し遂げたかったんだよ。そうすれば、いつも平六を褒めそやしてばかりの親父の鼻を明かせるというものだ」

気炎を吐く武藤太に、感じ入る者は誰もいませんでした。

「親父へいいところを見せたいために弟分を殺すような了見のせまい奴とは、もうやっていけねえ。おい、平六。いつまでもぼんやりしてないで、縄を持って来い。こいつの手足をふん縛って海へ放り捨てる」

「名案だ、夜目次郎。ほれ、わしらが武藤太を押さえとるから、船倉へ行って縄を取って来い」

夜目次郎も瀬戸内翁も、淡々と私に命じたので、私もまた淡々と従いました。

縄で武藤太の手足を縛ると、私達は必死にもがく武藤太を海へ放り捨てました。

絶叫が聞こえましたが、すぐにそれは波の音にかき消されました。

「平六、よくぞ裏切り者を見つけ出してくれた」

「もしも、おまえが見つけ出してくれなかったら、俺達も命が危なかったぜ」

瀬戸内翁と夜目次郎は、夜明けの海へ沈んでいく武藤太を横目に私に礼を言いました。

「確かに、夜目次郎。あんたが一番危なかった」

「何だって」

「己は、船荷を都で売りさばく伝手を持つ大盗賊の大殿の仲間だから、武藤太にとって最後まで殺せない相手だ。瀬戸内翁も同じで、数に強いから儲けがどれだけの額になったのか調べるまでは殺すつもりはなかったはずだ。そうなると、今夜殺されていたかもしれないのは、夜目次郎。あんたってわけだ」

私の言葉に、夜目次郎は身震いをしました。

「何てことだ。武藤太の奴め、幼なじみの俺すら自分の手柄のために殺すつもりだったのか」

「落ち着け、夜目次郎。あくまで平六の考えだ。もしかしたら、武藤太は船荷をすべて金に替えた後で用済みとなった平六とわしを殺し、おまえと二人で故郷へ錦を飾る算段だったかもしれんぞ。何せ、自分の手柄を語ってくれる者がいなくては、名を上げることはできんからな」

瀬戸内翁は年の功らしく、優しい答えを言ったので、夜目次郎はいくらか慰められたようでした。

「まったく、すべて武藤太の仕業だったとはな。百中大夫の影に怯えていたのが馬鹿みたいだ」

夜目次郎へ、私が返事しようとした時です。

帆柱に、矢が突き刺さりました。

矢羽根の色は、青く染まっていました。

本物の百中大夫です。

その後も、矢が雨のように浴びせられ、私達は踏立板に置いたままにしていた楯を手に、必死にしのぎました。

ようやく矢の音がしなくなったと安心しかけたところで、船縁に鉤縄が次々にかかってきます。

気がつけば、私達は屈強な海賊達に取り囲まれていました。

どう考えても、勝ち目がありません。

「降参だ、降参。見ての通り、老いぼれと小僧しかおらん」

瀬戸内翁が、踏立板に額をこすりつけて命乞いをしていると、悠然と船に上がってくる人影が見えました。

その人影ときたら、三十五年が経った今も忘れることができません。

雅楽の蘭陵王（らんりょうおう）の伎楽（ぎがく）面と衣装を身に着け、大きな弓を持った長身の男だったからです。

「そう叫（おら）ばなくともええ。このわし、百中大夫と二度も会ったにも拘わらず生き永らえとる連中には、敬意を払ってやるつもりじゃけえのう」

伎楽面越しにくぐもった声で言いながら、百中大夫は手下の海賊達に何かを命じました。

たちまち手下達は、船荷を百中大夫の船へ運びこんでいきます。

仲間達を殺されながらも守り続けていた船荷が、あっという間に奪われていくさまを、私はもちろん、瀬戸内翁も夜目次郎も、呆気に取られて眺めておりました。

すると、百中大夫は声を和らげました。

「今日はわしの母の月命日でもある。無益な殺生は控えとるので安心せい。ようけえある船荷のうちの半分を頂戴しとくだけじゃ。残り半分は、おまえらのもんじゃけえ」

飢えた虎に見逃された兎の気持ちとは、このようなものでしょうか。

月命日という御仏の教えには、死者を弔うことでその縁者らの心を慰めるだけのものとばかり思っていました。しかし、こうして思いがけず死者と縁もゆかりもない私達の命を救うことに繋がるとは驚くばかりです。

私は、百中大夫へは心からの感謝を、御仏にはその教えに深謝をいたしました。


百中大夫達が船から去って行った後、瀬戸内翁と夜目次郎は床を叩いて悔しがったり、船縁に寄りかかって落ちこんだりと、悲憤慷慨を絵に描いたような有様でした。

仲間達が殺され、しかもその下手人が仲間だっただけでもおおいに打ちのめされたのに、さらにはせっかくの船荷まで奪われてしまったのですから、無理もありません。

けれども、ここで都行きを諦めてもらっては、儲けがますますなくなります。そこで私は、彼らを励ましにかかりました。

「己達は元々七人で宝を山分けする予定だったから、一人六箱が本来の分け前だった。そして今、百中大夫に半分奪われ、その残りを三人で山分けしたから、一人七箱の分け前となる。すると、百中大夫に殺されずにすんだばかりか、当初よりも分け前が一箱分増えたことになる。だから、損をしていないし、それどころかとんだ強運じゃないか」

瀬戸内翁に教わりたての数の知恵を使ってみた説得は、期待していたよりも効果がありました。

「もう割り算ができるようになったか、平六。わしの教え方もまだまだ捨てたものではないのう」

「本当だ。取り分が一箱増えてら。しかも、都だと大宰府よりも高く買い取ってもらえるんだろう。こいつは、今回の不運の埋め合わせになりそうだ」

すっかり気をよくした瀬戸内翁と夜目次郎と共に、私は意気揚々と船で都を目指したのでした。

そして、都に到着すると、すぐに大殿に連絡を取りました。

大殿は、またも私が大きな仕事を成し遂げたので、おおいに褒め称えてくれました。

それから、商人達を手配して船荷を売りつけてくれたのですが、何と大宰府で買い取られるよりも三十倍も高い値がつきました。特に米が好評で、それだけ飢饉が厳しいのだと私は悟りました。

それは、瀬戸内翁と夜目次郎も同じでした。

「都は当分稼げそうにない。見切りをつけて、しばらくわしらと一緒に海賊をやらんか」

「おまえとなら、一緒にやっていける」

私は、彼らの誘いに乗ることにしました。

大殿が手配してくれた商人達に船荷を買い取ってもらって手に入れた銭を抱え、私は仲間達と共に大宰府へ引き返すことに決めました。

唐船の水夫達は、私達を都へ送り届けた後、すぐさま逃げてしまったので、私達は別の船を買って帰りました。もちろん、百中大夫の出る海域は避けてのことです。

大宰府に到着した私達は、武藤太の父である海賊へ、ありのままを話しました。

「そうかそうか。よくぞ正直に打ち明けてくれた。なに、気にするな。知っての通り、この博多の海賊の間では、裏切り者が出たら、裏切り者は死罪。そして裏切り者を出した一族は、族滅（一族皆殺し）という掟だ。だから、もしも息子が生きて帰ってきていたら、族滅の憂き目に遭う前に、おいが一刀のもとに斬り伏せていたところだ」

武藤太が裏切ったのは事実ですが、それを知っているのは私達だけのこと。何も知らない父親相手に正直に話しても、息子を失った悲しみから逆恨みで襲われるかもしれない。そう思い、三人で武器を隠し持って覚悟を決めて打ち明けたのですが、意外にも海賊は穏やかに受け止めました。

それと言うのも、すでに逃げた唐船の水夫達が、大宰府中に武藤太が仲間達を裏切って殺した話を吹聴して回っていたので、とうの昔に息子が悪行を働いた末に死んだことを知っていたからです。

「おまえさん方のおかげで、わしは我が子を手にかけずにすんだし、我が家から裏切り者を出して族滅の憂き目に遭わなくて助かった。この上は、息子が殺した者達を弔うために、妻と一緒に出家することにした。おいの縄張りにしていた海域は、おまえさん方に譲ろう」

これは駆け引きだ、と私は気づきました。

海賊は、殺された者達の弔いも請け負うし、自分の縄張りを差し出すので殺さないでほしいと、言葉を変えて私達へ命乞いをしてきたのも同然だったからです。

それを、さも道理を心得た大人物のように振る舞い、なおかつ私達もそのように扱って気をよくさせることで、みじめなところを見せなかったのですから、たいしたものです。

私ほど深く考えていなかった瀬戸内翁と夜目次郎は、思いがけず武藤太を殺したことについて咎められることもなかった上に、縄張りまで手に入れられることになったので、迷うことなく大喜びで海賊の申し出を受け入れました。

けれども、私は海賊になりきるつもりはありませんでした。

「俺みたいな若造には手に余る。ここは二人で分けてくれ」

「欲がないのう、平六」

「だが、年上を敬うとは殊勝な奴だ」

瀬戸内翁と夜目次郎からすっかり信頼された私は、それから二年間を海賊として過ごしました。

二年間だったのは、譲られた縄張りの海域が源平合戦の舞台となり、海賊の仕事が上がったりとなったせいです。

そこで私は、海賊に見切りをつけることにしました。

「筋がいいのに、もったいないのう」

「海賊をやめたら、食っていけなくなるんじゃないか。大丈夫か」

「大丈夫だ。今度は東国で山賊をするんだ。東国には、まだ飢饉が来てないらしいからな」

「そいつは違いないのう」

「盗賊の次は、海賊。その次は山賊とは、平六は根っからの盗賊だな」

瀬戸内翁と夜目次郎は、腹を抱えて大笑いをしながら私を見送ってくれました。

今も時々、この二人のことを夢に見ます。

気のよい海賊達でした。

*

「海賊は、裏切り者本人ばかりか、その一族まで皆殺しにしてしまうのですか。何と恐ろしい……」

私が語り終えると、成季様は大いに驚かれた顔をされました。

「都の方々にはわかりにくい掟であることは、重々承知しております。しかしながら、海賊に限らず、人の道からはずれて生きている賊の輩は、朝廷や寺社、武士などの権勢のある所に守られているわけではありません。だからこそ、生き永らえるために結束を尊び、裏切りを卑しむのです。そこで、裏切り者やそのような者を輩出した一族は根こそぎ始末し、仲間達の安寧を守るのです。血を見るのを好んでいるからではなく、平穏と安寧を望んだがゆえの族滅の掟とお考えいただければ、御理解いただけるでしょうか」

「……筋は通っておりますが、いやはや、それでもやはり驚かずにはいられません」

成季様は、理解したふりをなさらず、率直に御自身の困惑を表に出して下さいました。その方が、こちらとしましては、今後どのような話を避ければよいのか参考になるので助かります。

「何を驚く、成季。裏切り者を野放しにしていたら、いつかこちらの命が危うくなる恐れがあるんだよ。人の命を脅かしたのだから、それ相応の報いを受けてもらうのが筋だ。だから、昔の小殿達がやったことは、悪いことではないよ」

意外にも、年若い明けの明星の方が理解したようで、かえって私の方が困惑してしまいました。

しかし、それは私だけではありません。成季様は、胸を衝かれた表情になりました。

「なるほど、明けの明星の言葉には一理あります。賊の輩の道理に驚き、頭ごなしに物言いをつけるのは、裏切り者を成敗した昔のあなたとそのお仲間の海賊達のしたことを悪と見做す、あまりに心ない仕打ち。大変失礼いたしました」

成季様は、深々と私に頭をお下げになったので、私は恐縮してしまいました。

「どうぞお顔をお上げ下さい、成季様。昔の私は、本当に悪虐の限りを尽くしていましたから物言いをつけてもよいのですよ」

慌てて私が成季様に声をかけていた時です。

上皇様が、思わせぶりな笑みを浮かべました。

「本当に悪虐の限りを尽くしていましたから物言いをつけてもよい、か。まさに、言い得て妙なことよ」

何を仰せになりたいのか、私がその意を汲もうとしている間に、上皇様は話題をお変えになられました。

「海賊達の中に下手人がいること。殺しが夜行なわれたのは、船が停泊していたからであること。船の修理中に百中大夫の矢を隠し持っていたこと。確かに余が言ったことは当たらずとも遠からずであった。しかしだな。いやはや、小殿が大盗賊として都中で恐れられていたのも当然だ」

上皇様の御言葉に、成季様と明けの明星は不思議そうに顔を見合わせました。

「どうしてですか」

「今回の話は、海賊の話でしたよね」

お二人の問いに、上皇様は得々とお話を始めました。

「二番目に殺された鰐三郎のことをよく思い出してみよ。さすれば平六の、若かりし頃の小殿の恐ろしい企みが見えてくる」

どうやら、上皇様はお気づきになられたようです。

私は、黙ってお話の続きを待ちました。

「先程の話の中で、鰐三郎だけが殺され方が異なるので、百中大夫の仕業だと言っていたが、ここに大いなる矛盾がある。よいか。百中大夫は二度とも襲って生き永らえたのは小殿達だけだと褒め称えていた。一度目は、瀬戸内の海に入る前。そして、二度目は船に乗りこんできた時だ。すると、鰐三郎を殺害した者はいったい誰なのだ」

お見事。

先程の謎かけを、上皇様がお解きになれなかったので、もう一つ仕込んでおいた真の謎を解く糸口を紛れこませておいたのですが、こちらの期待通り、上皇様はお気づきになられました。覚え書きをせずとも、誰がどこで死んだのかを正確に覚えておいでになられた、上皇様の抜群の物覚えのよさに賭けた甲斐があったというものです。

「あれ、本当だ。百中大夫の仕業だとばかり思っていましたが、これはおかしい」

「よくぞお気づきになられましたね、上皇様」

成季様も明けの明星も心底驚かれ、そして上皇様の御知恵に感心されていました。

「余も百中大夫の言葉がなければ、気づけなかった。そこで改めて鰐三郎の死に様を思い出してみるに、彼奴(きやつ)だけ頭から血を流しているという違いが気になってきた。矢が刺さって倒れたはずみで、船縁に頭をぶつけたから血が出たと言うが、実際に頭をぶつけた跡を確かめた者はいない。もしかしたら、本当は頭などぶつけていなかったのではなかろうか」

「頭をぶつけていないのに、血が出ることなんてあるのですか」

　成季様は、興味津々と言った様子で身を乗り出します。

「もしかして薙刀四郎が、愛用の薙刀の峰か柄で、鰐三郎の頭を殴りつけたのでしょうか。そうすれば、血が出ることがあります」

　ここ一年、体を鍛えて薙刀を使う機会ができたからでしょう。明けの明星が、いつの間にか薙刀に詳しくなっていました。その成長ぶりに、思わず私は目を細めてしまいました。

「そうして頭から血が出るほど殴って殺してから、背中に百中大夫の矢を刺す。悪くない考えだぞ、明けの明星。だがな、薙刀のように大きな武器で頭を殴りつけられては、烏帽子は落ちるし、髪が乱れてしまうのを忘れていやしないか。だが、小殿の話では鰐三郎は眠るように穏やかな様子で息絶えていた。これはつまり彼奴の烏帽子ははずれていなかったし、髪は乱れていなかったということだ」

　上皇様の御指摘に、明けの明星があっと驚いた顔をしました。

「そうでした。いつも稽古(けいこ)相手が自分と同じ僧侶で髪がないため、失念しておりました」

「すると、どうやって髪を乱さずに殴りつけたのでしょうか。もう上皇様はおわかりなのですよね。お教えいただけませんか」

　成季様が、畏れ多くも上皇様をせかします。

　けれども、上皇様はいっこうにお気を悪くされた様子も見せず、かえって得意げに微笑まれました。

「しょうもない奴め。よかろう。成季も明けの明星も、船を漕いだことがないから知らぬであろうが、船には常に修理のために大工道具が積まれているのだ。その中に鍔鑿（つばのみ）という船釘（ふなくぎ）を通すために木材に穴を開ける道具がある。形や大きさは錐（きり）に似ているが、刃部が錐よりもずっと長く、柄には刀のように鍔がついている」

「そんな道具があるんですか」

「上皇様は、博識であらせられるのですね」

成季様と明けの明星が、感嘆の声を漏らします。

私と言えば、上皇様が舟をお漕ぎになれることと、才気煥発な御気性からして、船の大工道具についてもお調べになられているかもしれないという読みが当たり、密かに満足しておりました。

「大工道具にある木槌を使ってもよいが、木槌で殴ってはどうしても髪が乱れるので、当てはまらぬ。もしくは錐で突き刺したと考えられるが、刃部が鍔鑿よりも短いので一思いに殺すのは難しかろう。鰐三郎が抵抗した様子もなければ、髪が乱れた様子もなく息絶えていたとすれば、使われたのは鍔鑿しかあるまい。下手人は、この鍔鑿を鰐三郎の頭に突き刺して殺害したのだ」

他の大工道具のこともきちんと検討されているとは、上皇様は抜かりありません。

「この殺し方であれば、あっという間に致命傷よ。後は屍となって抵抗してくる恐れのなくなった鰐三郎の背中に矢を刺すだけでよい。しかも、傷口が小さいのでほとんど返り血がつかぬ。

だから、武藤太がしたように筵帆の切れ端を体に巻き付け、衣に藁屑が残ることもない。つまり、鰐三郎を殺したのは、百中大夫でもなければ、武藤太でもない」

「いったい、誰が鰐三郎を殺害したのですか」

「上皇様、お教え下さい」

上皇様の説明に、成季様は唾を飲みこみ、明けの明星は興味津々な様子で身を乗り出します。

するると、上皇様は持っていた扇でまっすぐに私を指し示しました。

「小殿。すなわち、かつての平六の仕業よ」

私はお見事と申し上げる代わりに、満面の笑みでお応えしました。

成季様と明けの明星は、驚きのあまり目と口が大きく開いたままになっております。

「小殿は、とても公平に語っていた。鰐三郎が殺害される直前、平六は踏立板の下に下りていると語っているし、鰐三郎も踏立板の下まで見回りをしているのは平六くらいだとも言っている。つまり、鰐三郎を殺す直前に、鏍鏨を調達する機会があったのは、平六だけ。鰐三郎が海を眺めている時、平六も鰐三郎の後ろで見ていたと話していたであろう。恐らくその直後、隙をついて鰐三郎の頭に鏍鏨を突き立てて殺害し、あらかじめ密かに調達しておいた百中大夫の矢を背中に突き刺した。それから再び鏍鏨を元の場所へ戻し、見回りを終えたような顔をして、屋形へ戻ってきたのだ」

上皇様は扇をしまうと、少し上目遣いをして考える御顔になりました。

「殺し方、欺き方、下手人まではこれでわかったが、鰐三郎を殺した理由については、あれやこれや考えられるので絞りこむのが難しい。しかし、平六が『仲間と思っていなかったら刀で胸を一突きにしていた』というような発言をしていたことを踏まえると、おおかた、鰐三郎を仲間と思っていなかった、それどころか邪魔者と見做していたのではないか。分け前についてあれだけ文句をつけて仲間の輪を乱す輩を生かしておけば、のちのち自分達の災いとなる。そう判断し、百中大夫の仕業に見せかけて殺した。そんなところか」

私は、莞爾(かんじ)と笑う上皇様へ、深々とひれ伏しました。

「さすが治天の君であらせられます。密かに紛れこませておいた真(しん)の謎かけを見抜かれたばかりか、見事に謎をお解きになられましたね」

上皇様の御不興を買わずにすんでよかった。

そんな安堵と万感の思いを胸に秘める私をよそに、成季様が上皇様を賞賛し始めました。

御立派な大人であるお二人はこれでよいとして、私には気にかかる者がいました。

まだ若い明けの明星です。

「初めて会った時に叔父(おじ)殺しの話をしたことと言い、またも物騒な話を聞かせてしまいましたが、不快ではありませんでしたか」

そう訊ねてから、私は本当に彼に訊きたかったことを言いました。

「殺された仲間の仇を討つためでもなければ、裏切り者を成敗するためでもなく、ただ自分の抱える厄介事を解決するために、安易に殺しを選んだ愚かな盗賊時代の私が、恐ろしくはありませんでしたか」

昔の私が鰐三郎を殺した理由は、上皇様が見抜かれた通りです。

強力五郎が百中大夫に殺されたと思った私は、彼の仕業に見せかけ、何かにつけては文句をつけ、せっかくの話し合いを邪魔して物事が進むのを滞らせる鰐三郎を消す算段を立てたのです。

それまでは、鰐三郎を今殺しては自分の仕業とすぐに仲間達に見抜かれて処刑されると思い、自重していたので、百中大夫の存在はまさに鰐五郎を殺す好機到来と思ったのです。

今の私からすれば、恐ろしいほど浅はかで愚かしい思いつきと行動です。

鰐三郎を殺さずとも、全員で糾弾しておとなしくさせるなど、彼がもたらす厄介事を穏便に解決する手段がいくらでもありました。

その方法を考えもしなければ選びもせず、ただひたすら誰にも気づかれないように殺すことしか頭になかったのですから、我ながら呆れるばかりです。

さらに呆れるのは、商人達を海へ落として殺したことです。

ただ真面目に仕事をしていただけの商人達を、自分達の欲を満たすために命を奪った所業に、何の痛痒(つうよう)も感じなかった当時の自分の浅ましさには身の毛がよだつものがあります。

明けの明星は、私の言葉に目を丸くしました。

それはそうでしょう。仇討ち以外で人の命を奪っていたことを打ち明けられたばかりなのですから、無理もありません。

けれども、意外なことに、とても無邪気な笑顔を浮かべました。

「何を言っているんだ。人殺しでも、小殿は小殿。将軍がまだ鎌倉にいなかった昔の話とか、いつも面白い話を聞かせてくれる、小殿だよ。それに若い頃の小殿は、頼れる人もなく、たった一人で一生懸命、自分の生きる道を切り開いてきただけじゃないか。吾は、弟が死んだ後、生きる気も何もかもなくなっていたけど、小殿の話を聞くうちに、小殿みたいに自分の生きる道を切り開いてみたいと思えるようになったんだ。そんな小殿に感謝こそすれ、怖がるなんて無理だよ」

賞賛と尊敬をこめて私を見つめる明けの明星の無垢さに、私は大いに慰められました。

それから、瀬戸内翁が私に対して抱いていた気持ちが、少しわかった気がしました。

今までわからなかったことが、ふとした瞬間に理解できること、そしてそのことに喜びを感じることができるとは、年を重ねるのはよいものです。

大盗賊だった私が今日まで生き永らえているのが、このように物事を感じられる人間になるためだとすれば、栄西様や慈円僧正様が仰せになったように、御仏の慈悲は確かにこの世にあるのかもしれません。

汗牛充棟綺譚

建保四年（一二一六年）十月某日の小殿

初冬を迎え、風が冷たくなってきました。

私は干柿を刻む手を止め、思わず身震いしてしまいました。

昔はこの程度の寒さなどものともしなかったのですが、寄る年波には勝てません。

刻んだ干柿を酒に入れれば、柿浸の出来上がりです。

柿浸は、口当たりが甘くなるだけでなく、喉にもよいので、冬の初めの風邪をひきやすくなるこの季節にお客様へ出すのにふさわしい酒です。酒に浸かった干柿も柔らかく食べやすくなり、酒の肴にもなるので一挙両得です。

そのことを私に教えてくれた妻はすでに亡くなって久しく、ただ彼女の思い出だけが私の心を温めているのでした。

いえいえ、もう一つ、私の心を温めてくれているものがあります。

十日に一度のお客様達です。

成季様と明けの明星が、若かりし頃、大盗賊として名を馳せた私の思い出話を聞きに来て下さるのが、老いの独り身として、何よりの楽しみとなっているのです。

何しろ、成季様は説話集を作ろうとの志があり、明けの明星は一人前の僧侶となるために日々精進しているのです。

どちらも形は違えども、世の中に善因善果をもたらすことをなさっています。そうしたお二人を楽しませる役に立つということは、すなわち私もまた善果をもたらすことに繋がり、この世の中をよくしていく手助けになります。そう思うと、過去に重ねた悪因悪果が少しずつ善果に転じていく気がして、心が温まるのです。

さて、まだ成季様と明けの明星が来る宵の口まで時間があります。火桶（木製の火鉢）の炭の火を熾して家の中を暖かくしておきましょう。

そうして、お客様を迎える支度をしていると、不意に鳥達の囀りが聞こえてきました。

何事かと庭を見やれば、六十に手が届くほどの白髪頭の貴族が、庭木に止まる鳥と言葉を交わしておりました。

鳥達は囀り、貴族は小声で何やら囁きかけ、時々楽しそうに笑っています。

門を見れば、しっかりと閉まっております。

いったいこちら様は、どうやってこの賤家に入ることができたのでしょうか。

名のある盗賊ともお見受けできないので、私が途惑っておりますと、門戸を叩く音がしました。

「お師匠様、鳥に呼ばれたからと言って、塀の割れ目を潜り抜けてはいけませんよ」

門戸を叩く音と共に聞こえてきたのは、おなじみの成季様の声でした。そう言えば、我が家の塀の裏手には、細い割れ目ができていたことを今さらながら思い出しました。

「かわいい鳥達の囀りに、つい誘われてしまってね」

「お師匠様には、家に帰れば鵯の荻葉とは山が待ってくれているでしょう」

どのような方とも親しく付き合える成季様ですが、お師匠様なるこの貴族の方の奇行に対し、珍しく手を焼いている御様子です。

「成季様、どうぞ。明けの明星も一緒ですね。あちらのお方は、お知り合いですか」

私が門を開けると、成季様と明けの明星、そしてもう一人、咳きこんでいるために袖で口元を覆い隠している年配の貴族の方がいらっしゃいました。

「そうなんです。私の和歌の師匠の藤原家隆卿です。カリュウと言った方が、あなたも御存知かもしれません。御年は五十九歳。『新古今和歌集』の撰者のお一人でもあり――」

「――そんな堅苦しい紹介より、源平合戦の時代に木曾義仲殿に猫殿とからかわれた猫間中納言の息子と紹介した方が、先方にはわかりやすいと思うよ」

「何を仰るのですか、お師匠様。お師匠様は、当代随一の歌人であられる藤原定家卿と並び称され、当代の人麿（柿本人麻呂）と謳われる歌人です。そんな紹介ができますか」

成季様は、まだ鳥と戯れている家隆卿を、二、三注意をしてから我が家へ上がらせます。

成季様には申し訳ないのですが、確かに家隆卿が仰せになった通り、源平合戦の時、貴族の権威をものともせずに猫呼ばわりなさった木曾殿の豪胆さが、盗賊の間でも評判になっていたので、その逸話を持ち出された紹介の方が私にはわかりやすかったです。

「いつもより早い時間に訪ねて申し訳ございません。その、お師匠様があなたの評判を聞いて、是非とも会いたいと言い出したものですから……」

成季様は、何度も頭を下げながら、私と一緒に円座を並べる手伝いをして下さいました。

家隆卿を見れば、にこにこと無邪気に、明けの明星に私から今までどのような話を聞いたのかと訊ねているところでした。

「あちらの客人のお方は」

私は、先程からずっと咳きこんでいる貴族の方へ目を向けました。どこかでお見かけした覚えがかすかにあったからです。

「あちらは――」

「――家隆卿の従者だ」

成季様の言葉を遮り、従者の方は咳の合間に短く答えました。

その時、一瞬だけ私と目が合ったのですが、盗賊時代でもなかなか出くわしたことがないほどの殺気がこもった眼差しをしておりました。

「私は簀子に控えている。火桶と円座を運んでくれ」

「承知しました」

成季様は、何もお気づきになってないことからして、あの従者の方の殺気が私一人に向けられたものであることは確実。

大盗賊であった過去があるにも拘わらず、周囲の皆様から寛大な扱いを受け、いまだに罰も受けずにいる私ですが、本来であれば恨まれ、殺気のこもった目で睨まれても当然の身の上。あの従者の方の眼差しこそ、本来私に向けられてしかるべきものです。

きっと、元盗賊である私に会いに来ている主人（あるじ）の身を案じて、殺気立っているのでしょう。それが、人として当然の態度です。

私は従者の方を安心させようと、柿浸を出しました。

従者の方は咳をして喉を痛めている御様子なので、喉にいい柿浸を勧めれば、私を気配りのできる人間と見做（みな）し、家隆卿を決しておろそかにはしまいと、安心していただけることを期待してのことです。

けれども、柿浸を渡すために近くへ行ったところ、眼差しどころか全身から殺気を放たれていることがわかりました。

私が若い頃に重ねてきた悪行が、どれほど人から恨みを買い、また警戒させることだったのか、このお方を見ていると改めて痛感せずにはいられなくなります。まことに、凄（すさ）まじい殺気です。そして、若い頃の自分の生き方が、ますます恥ずかしくなりました。

「小殿（ことの）、あなたが用意してくれた柿浸、美味だね。ありがとう」

簀子から戻ると、家隆卿が鷹揚（おうよう）な笑顔を私に向けて下さいました。従者とは真逆で、その主人であられる家隆卿は殺気もなければ、悪意もまるでありません。

鳥の囀りに誘われ、私の家の庭に入ってきたことといい、家隆卿は貴族でありながらも、どこか世俗に染まりきっていない感じがしました。

「家隆卿。お酌でしたら、私がいたします」

「いいよ、いいよ。今日は私が無理言って成季に頼んで押しかけたようなものだからね。この家の主人をこれ以上煩わせたら、申し訳が立たないよ」

鷹揚な笑みを浮かべる家隆卿は、白髪であることも重なり、どこか仙人めいています。

「成季は、よい子だよ。あの子を見ていると、遠い昔の親しい誰かを思い出す」

家隆卿も、私が成季様に抱くのと同じ気持ちを抱いていたことが図らずもわかり、身分が上のお方とは言え、どこか親しみを覚えました。

「成季をよい子だなんて、おかしな感じがします」

明けの明星が、笑いをこらえながら言いました。まだ十七歳の明けの明星にしてみれば、二十五歳を過ぎた立派な大人である成季様が子ども扱いされたことがおかしかったのでしょう。けれども、私や家隆卿ほどの年齢になりますと、若い人達はいつまでたっても子どものようなものなのです。

このあたりの機微を説明しても、まだ若い明けの明星にはわからないと思ったので、私は静かに笑みを返すだけにしました。

「和歌や管弦を題材にした一大絵巻を作るとはりきって、題材となる話を聞き集めていた成季が、集められた話が興味深いものばかりだったから、絵巻物はやめにして説話集を作ることにしたと言い出した時には、その心変わりが不思議だったよ。けれど、かつて大盗賊だったあなたから様々な話を聞き集めていたからなら、納得だ。盗賊なら、見聞が広そうだから、前代未聞の面白い説話集を作れそうだからね」

家隆卿は成季様のお師匠様らしく、成季様が説話集を作ろうと決心した理由を御存知でした。

しかし、まさかその理由に少なからず私が関わっていたとは、面映ゆいものです。

「ところで、小殿。大盗賊と謳われたあなただから、並みの物を盗むはずがないよね。蓬萊の玉の枝とか、火鼠の皮衣とか、さぞや珍しい宝を盗んだのだろう」

物語の宝を引き合いに出してお訊ねになる家隆卿に、この場で最も若い明けの明星が「子どものように無邪気なお人だ」と言わんばかりの目を向け、忍び笑いを漏らします。

「さすがにそれほど珍しい宝は盗んだことはありません。珍しい宝と言いましても、せいぜい白珠。仏舎利。黄金造りの太刀。瑠璃と水晶と珊瑚がついた宝冠。宋の者達が冬に愛用するという海虎皮（ラッコの毛皮）……」

私は、昔盗んだ宝を次々に挙げて行きました。

意外にも、家隆卿は興味をお持ちになりません。

その御様子に、いい年をして私は少しむきになり、ひたすら今まで盗んできた珍しい宝を挙げ続けていきました。

そして、いくつめか自分でもわからなくなってきた時です。

「……『源氏物語』全帖」

と、言いましたところ、突如家隆卿の目が輝きました。

「『源氏物語』か。それは珍しい。あれは、盗賊が魅了されても当然の傑作中の傑作。かくいう私も『源氏物語』に魅了され、『源氏物語』に登場する人物達の人間関係をまとめた系図を作ったことがあるんだよ」

よほど『源氏物語』がお好きなのでしょう。家隆卿は、声を弾ませます。

「是非とも『源氏物語』を盗んだ時の話を聞かせておくれ。明けの明星から教えてもらった謎かけ形式でもかまわないよ」

「それはいいや。小殿、久しぶりに謎かけの形で話をして」

家隆卿と明けの明星のお二人から頼まれては、断る理由もありません。

成季様も声に出してはいませんが、冊子と筆を手に取り、興味津々と言った御様子です。

私は、柿浸を一口飲んで喉を潤してから、口を開きました。

「それでは、『源氏物語』を盗み出した時の話をいたしましょう」

*

あれは今から二十六年前になりますから、建久元年（一一九〇年）秋のことです。

私は、二十五歳でした。

この年の冬には初代鎌倉殿が上洛（じょうらく）されて後白河法皇様と対面を果たしたので都中大騒ぎになるのですが、この頃の私はそんなことも知らず、都で妻と仲睦（むつ）まじく暮らしておりました。

妻はかつて検非違使別当の屋敷に女房として仕える傍ら、盗みを働いていた名立たる盗賊でした。

女盗賊の大納言殿と言えば、御存知の方がいるやもしれません。

彼女は優しげな美貌の持ち主で、練り絹のような白い肌と、烏の濡れ羽色と呼ぶにふさわしい艶やかな黒髪、そして迦陵頻伽のような美声でもありました。

妻が並みの盗賊とは違って知性と教養があったので、私達は朝廷に仕える武士と、貴族の屋敷に女房として仕えたことがある妻という、武士の夫婦を装って暮らしておりました。

そして本物の武士を我が家へ招き、夫婦そろって歓迎しては、彼らが仕える貴族やもっと上の武士の屋敷の内情を聞き出し、これまた夫婦そろって仲良く夜中に押し入って盗みを働いていたのでした。

ある紅葉がきれいな頃、関東から上洛し、都に居を構えることになった武士の一人と親しくなりました。

その方は、鎌倉殿にお仕えしている武士だったのですが、都の貴族と同じくらい知性と教養を身に付けたいと熱望する、真面目な方でした。

ここでは、仮に名前を東路殿といたしましょう。

「六郎さん。あんたの奥方は、さる貴族の屋敷で女房をしていたそうじゃないか。ひょっとして『源氏物語』を一冊でもいいから持ってないかい」

六郎とは、この当時の私の表向きの名前です。

「『源氏物語』……あいにく持ってないな」

本当は、『源氏物語』などこの時初めて耳にする名前でしたが、私は東路殿に調子を合わせ、さぞよく知っているようなふりをしました。

「そうか。六郎さんも持っていないか。本当に、どこへ行ったら手に入れられるのだろう。前に一度だけ『源氏物語』の中にある『夕顔』という物語を読んだんだが、これがとてつもなく面白い。だから、何としてでも全帖をそろえて読んでみたいんだ」

　今も昔も、物語を、ひいては書物を手に入れるのは並大抵のことではございません。

　伝手を駆使して書物を所有する方を見つけて頼みこむ、または書物の持ち主と自分の間で話をつけてくれる人を介在させる。

　こうして話し合い、首尾よく売ってもらえればもうけものですが、御存知の通り書物はたいへん貴重ですので持ち主は手放したがりません。ましてや、面白い物語ともなれば、ますます売らないでしょう。そうなると、借りるしかありません。

　そして、どうしても借りた書物を自分の手元に留めておきたいのであれば、長い時間をかけて書き写すしかないのです。

　そんな苦労を背負いこむくらいなら、金に糸目をつけずに書物を買うことを選ぶに違いない。

　そう言えば、東路殿は、裕福だった……。

　そう考えた私は、さも東路殿に同情している風を装いました。

「その気持ち、よくわかる。あれは面白いからな。よし、妻に頼んで『源氏物語』を全帖持っている知り合いがいないか、訊いてみよう。首尾よく手に入れることができたら、おまえさんに知らせるよ」

「それはまことか。かたじけない」

東路殿が大喜びで帰った後、私は妻の大納言殿に『源氏物語』を知っているかと訊ねました。貴族の屋敷で働いていただけあり、妻は私よりも見聞も広ければ、貴族の内情にも精通していたからです。

「『源氏物語』か。久しぶりに聞く名前だ。懐かしいなぁ。わたしも、女房暮らしをしている時は、何帖か読んだものよ」

「東路殿が今日、そいつを全帖読んでみたいと己に打ち明けてきたんだ。いったい、どれくらいの数があるんだ」

「そうねぇ。五十四から六十帖はあるわ」

「えらくたくさんあるものだな」

「巻子本ではなくて、冊子本の形になっているから、どうしてもたくさんになってしまうのよ」

「そいつが五十四から六十もあるのか。どうしてそんなに長い物語なんだ」

思っていたより、盗む時には大荷物になりそうだと私が考えていると、妻が説明をしてくれました。

「帝の皇子として生まれ、才能も美貌もありながらも、母親の身分が低いために帝になれずに源氏姓を名乗って臣籍に下った源氏の君の一生を描いた物語だからよ。しかも、源氏の君が亡くなった後も、子や孫の代まで物語が続くから、とっても長いの。わたしも、全部は読んだことがないくらいよ」

それから、妻は艶然と微笑みました。

「それで、『源氏物語』を盗んで、高く売りつける算段なのでしょう。とてもよい案だわ。あなたって、他の盗賊とは違うものの考え方をするから好きよ」

「おいおい。己はまだ何も言ってないぞ」

妻に肚の内を見抜かれましたが、これは私達夫婦の間ではよくあることでした。

「だが、話が早い。『源氏物語』を全帖持っている屋敷はどこにあるか、知らないか。女房勤めをしていたそなたなら、この手のことは詳しいだろう」

「もちろん。例えば――」

妻が指折り数えながら教えてくれた屋敷は、どこも大貴族や院御所、女院御所、宮様達の屋敷など、警備が厳しい所ばかりです。

「――そして最後に、蓮華王院の宝蔵。あそこには、『源氏物語』の絵巻物があった。まだ他の盗賊に盗み出されていなければの話だけどね。わたしがあなたと結婚する前に手下達を率いて宝蔵にある財宝を盗みに入った時についでに見たけれど、すでにいくつか絵巻物がなくなっていたのよね」

貴族の屋敷だろうが宝蔵だろうが、手下達や盗賊仲間に呼びかけをして、大人数で盗みに入ればどうということはありません。ですが、根っからの強欲な彼らが、財宝ではなく物語を盗むことに手を貸してくれるとは到底思えません。そこではなから私は、一人で盗みに入る計画を立てていたのです。

ですから、せっかく妻が教えてくれた屋敷へは盗みに入る気がしませんでした。

「なあ。もう少し、己一人で楽に盗みに入れる所に心あたりはないか。そなたが最後に勤めていた検非違使別当殿の館とか」

今にして思えば、都の治安を守る検非違使別当に対し、甚だ不遜な発言です。

けれども、当時の私も妻も、そのことに対し、何も疑問を抱いていませんでした。

都に暮らす人々が安心して暮らせるように腐心する方への敬意というものなど、薬にしたくとも持ち合わせていなかったからです。

そうして、自分達がさんざん悪事に手を染めて住みにくい世の中にしているくせに、検非違使どもは怠け者だ、治安もろくに守れていないと、日夜せせら笑っていたのですから、愚かしいの一語に尽きます。

まことに、夫婦そろって悪虐無道の盗賊でした。

ですから、妻も私の言葉を咎めることなく応じました。

「あちらは、あってもせいぜい数帖ね。でも、今ので思い出した。あの検非違使別当と同じくらいの中級貴族なんだけど、たいそうな読書家で、たくさんの物語を借りて書き写しては、自宅の書庫に蓄えていることで有名な貴族がいるの。その中に『源氏物語』全帖があるので、よく検非違使別当が使いをやって借りに行っていたわ」

「よくぞ思い出してくれた。さすが天下に名高い女盗賊の大納言殿だ」

男は妻がら（男は妻次第）と言ったのは、かの有名な御堂関白（藤原道長）ですが、まさに金言です。

私が大盗賊小殿と広く世間に知られるほどの男になれたのも、実に彼女が陰になり日向になり支えてくれたからこそのことでした。

それから私は、妻にその貴族の屋敷がどこにあるか教わり、さっそく翌日盗みに入る前の下見に出かけました。

貴族というものは、秋になると月や紅葉を愛でるものです。

そこで目をつけたのは、我が家の庭にある紅葉の中でも、赤、紅、朱、黄、紫と五色に色づく、珍しくも美しい紅葉です。私はその枝を伐り落として束にすると、紅葉売りと称して貴族の屋敷へ入りこみました。

皆様も御存知の通り、貴族の屋敷には毎日のように様々な人々が出入りします。中には扇売りなどの行商人もいるので、私がその中に紛れこむのは容易いことでした。

私は、他の行商人のように貴族の家の敷地をうろつくふりをして、噂の書庫を探し求めました。

門を入ってすぐの右手には車宿（牛車を置く建物）と侍所（この場合は従者の詰め所）があり、正面奥には貴族の館が見えました。

しかし、書庫らしき建物はどこにも見受けられません。私は門の左手を見ましたが、館の隣にある持仏堂と趣深く手入れされた庭が見えるばかりです。

ならば、裏手にあるかもしれないと当たりをつけ、私は館と侍所の間を通って裏手に回りました。

裏手に回ると、築垣（ついがき）に囲まれた竹林がありました。

その竹林の中央に、瓦葺（かわらぶき）の立派な屋根が見えました。

これこそ、書庫だと確信した私は、築垣の南にあった背の低い竹の戸を押し開け、竹林の中に入りました。

驚いたことに、竹林に入ってすぐに堀が掘られていました。もしも知らずに夜中にここへ忍びこんでいたら、真っ逆さまに落ちてしまったことでしょう。

たかが物語を守るためなのに、財宝がしまわれている蔵よりも厳重にしているとは、七珍万宝よりも書物を財宝と見做す人間がこの世には存在するものなのかと、当時は欲深でもののあはれを解さない盗賊そのものだった私は、的はずれな感心をしました。

それから、堀の向こうへ行く橋を見つけて渡ると、今度は芝垣がめぐらされていました。

幸い芝垣の戸も背の低い竹の戸だったので、簡単に入れました。

そして、その中心に目当ての書庫がありました。

ようやく書庫の前にたどり着いた私は、ここぞとばかりに書庫を観察しました。

書庫は、高さ一尺の基礎の石の上に、高さ一丈一尺（約三メートル三十センチ）、東西二丈三尺（約六メートル九十センチ）、南北一丈二尺（約三メートル六十センチ）の建物が建てられていました。四方の壁には板張りの上に石灰が塗られ、秋の日差しに白く輝いていました。

出入口は南の戸口一つだけで、他に外部と繋がっているのは、北の壁の屋根近くにある明かり取りの三寸（約九センチ）四方の小窓だけです。この小窓には竹でできたきめ細かな格子がはめこまれていました。

戸には、上流貴族の蔵でさえ見られない頑丈かつ精巧な錠がかけられています。

こう申し上げるのも何ですが、貴族の屋敷の屋根は茅葺で質素な佇まいなのに、書庫の屋根の方が寺や上流貴族しか使わない瓦で葺かれていることに、ひどくちぐはぐな気がいたしました。

しかし、それと同時に、この書庫には屋敷内にあるどんな物よりも値打ちのある書物が置かれているのだと確信もし、『源氏物語』を盗みに入るのが楽しみになったのでした。

こうして書庫の下見を終えた私は、何食わぬ顔をして再び庭へ引き返すと、紅葉売りのふりを始めました。

すると、侍所から警固の武士達が顔を出しました。

「きれいな紅葉だな。御主人様に差し上げたら、さぞや大喜びされることだろう」

「まったくだ。さっそく家司を呼んでこよう」

驚いたことに、警固の武士達は顔かたち背丈こそ異なりますが、誰もが兜の代わりに折烏帽子と半首（額と両頬を守る顔面用防具）を付け、萌黄色の縅毛があしらわれた胴腹巻と、その下に白い直垂と括袴といういでたちでした。警固の武士が武装しているのは当たり前のことですが、全員同じいでたちをしているのは初めて見ました。

私の様子に気づいた武士は、苦笑いを浮かべました。

「我らのいでたちに驚いたか。これは、御主人様の趣味だ。庭の木々の色を邪魔しないための

「だが、御主人様の美に関する目が非常に鋭いのは事実。おかげで、このいでたちになってから、女にもてるようになった。まあ、おまえみたいな美男子にはわからぬ苦労だろうがな」

饒舌にしゃべる武士達の聞き手に徹するうちに、この家の家司が武士の一人に連れられてやって来ました。

「聞きしに勝る見事な紅葉だ。これならば、御主人様の御目にかなう。いくら出そう」

「そうだなぁ」

家司と私は、紅葉の値を話し合いました。

元々紅葉を売ってこの日の糧を得ようとはしていなかったので、私ははした金で手を打ちました。

「趣深く美しい庭といい、裏の竹林といい、紅葉をお買い上げ下さったことといい、こちらの御主人様は本当に花や草木がお好きなんですなぁ」

私は、行商人らしい口ぶりで家司に言いました。

「そうなんだ。お体が弱くてめったに遠出ができない分、庭をきれいに整えておられるんだ。春は特に見事だぞ。桜と柳があふれ返り、絵にしたいほどの美しさだ。何を隠そう、わしも御主人様の庭造りを手伝っておる。この庭が美しいのも、半分はわしの手柄のようなものだ」

家司は、誇らしげに胸を張ります。

「そんな体の弱い御主人様だが、今度湯治のために有馬温泉へ行かれることになってな。ついでに紅葉狩りも楽しまれ、この庭を整える参考にされるそうだ。今からどんな庭の案をお教え下さるのか、楽しみだ」

「御主人様も雅（みやび）やかなお方ですが、あなたも負けず劣らず雅やかですなぁ」

「褒めても何も出んぞ。だが、わしの分の紅葉も売ってもらおうか」

私はこの調子で、世間話のふりをして家司からどんどんこの貴族の家にまつわることを訊き出していきました。

若い頃、白珠を盗んだ屋敷の貴族の家司もそうでしたが、どの貴族の家司も盗賊の目からすると、非常に気が緩んでいるとしか思えないほど、不用心でした。

自分が仕えている家の威勢を誇りたいがために、家のことを何でもかんでも話してしまうのだから、何ともおめでたいことです。

そんな家司の語りから、数日後には貴族が妻子を伴って摂津国（現在の兵庫県）にある有馬温泉へ湯治に行くこと、その間、家司が屋敷の留守を預かることがわかりました。

一家が外出する場合、蔵の鍵（かぎ）を預けられるのは家司というのが常識です。

ならば、貴族が出かけた日の昼間にこの家司から書庫の鍵を盗み、夜になってから闇に紛れて書庫に盗みに入ればいい。

紅葉売りのふりをしながら、私は頭の中で素早く盗みの段取りを決めていきました。

それから、貴族が有馬温泉へ出かけるまでの数日の間、私は彼の屋敷を見張り続けていました。

「あなた、お疲れ様。差し入れよ」

「ありがとう。いつも、すまないな」

「何を言っているの。あなたがお礼を言えるいい男だからよ」

傍から見れば、微笑ましい行商人の夫婦のやりとりに見えます。しかし、実のところ、妻は盗みの打ち合わせに来ていたのでした。

人けがなくなった頃合いを見計らい、妻が声を落としました。

「書庫はどんな様子だった」

「近所の屋敷の屋根に登って覗いてみたが、面白い眺めだった。何しろあの貴族ときたら、書庫へ行く時には、必ず胴腹巻を着けて弓や刀を持った武士達を連れて行くんだ。しかも、武士達を決して書庫には立ち入らせない。気を利かせた武士の一人が書庫の中へ書物を運ぶ手伝いをしようと申し出たが、書物にはもちろん、本棚にも触れるなと激昂したほどだ。しかも、この前はたまたま書庫まで近づけたが、普段は書庫に通じる築垣の戸口の両脇には見張りの武士を立てている。それも、昼夜問わずだ。並々ならぬ書物への執着心。実に恐れ入るね」

私が笑いながら言うと、妻は少し思案顔になりました。

「下手したら、蓮華王院の宝蔵よりも厳しく守られているわね。わたしが女房時代の知り合い達に、『源氏物語』全帖を持っている貴族はいないか探りを入れるから、ここは見切りをつけてしまったらどう」

「そなたは、己が出会った中で一番いい女だ。安心しな。もう盗みの算段はできている。そういうわけで、大至急調達してほしい物があるんだ」

「盗みに必要な物ね。わかった。まかせておいて」

こうして盗みの支度が着々と進んでいたある日、ついに待ちわびた日が訪れました。

貴族が、有馬温泉へ旅立ったのです。

秋雨で景色がけぶる早朝、貴族の屋敷の近くで張りこんでいた私は、貴族が一家や武士達を率いて旅立つのを見届けました。

屋敷の留守を預かる家司は、はりきって召し使いや武士達に命令を出し、用心していました。あいにく、そんな用心も、警固の武士達が旅のお供として出かけて半数にまで減ってしまっていては、大盗賊小殿と都に広く知れ渡るようになっていた私には通用しません。

人の目を盗んで屋敷の中へ忍びこむと、家司が少し目を離した隙に、文机の上に置いた鍵束をしまった木箱の中から書庫の鍵を抜き取り、素早く確保しました。

どうして鍵の束から書庫の鍵がわかったかと言えば、事前に書庫の錠の鍵穴の大きさや形を頭に入れておいたからです。これさえわかれば、鍵を容易に突き止められます。

後は、警固の武士達の目を盗み、書庫へ入ればいいだけです。

この屋敷において、できがいいのはあの家司くらいで、武士達は並みの男ばかりです。

私がまた紅葉売りの行商人に扮して、武士に懸想している女がいると囁いただけで、夜の警固を放り出す者が続出する始末だったことから、どの程度の者達だったか、お察しできるはずです。ちなみに、武士達に紹介した女達はみんな私の手下でした。

こうして、貴族が旅立ってから、さらに警固を緩めていった甲斐があり、二日目の晩には誰も書庫の前で見張りをする武士はいなくなっていました。

おまけに雲が多く暗い晩でしたので、私は好機到来とばかりに書庫へ盗みに入りました。

雲間から射しこむ僅かばかりの月明りを頼りに、書庫の錠に盗んでおいた鍵を差しこむと、錠はあっさりと開きました。おかげで、私は思ったよりも早く墨のように黒々とした闇が広がる書庫に忍びこむことに成功しました。

中へ入ってしまえば、外から灯りに気づかれる危険はありません。私は黴と埃の入り混じった臭いにむせそうになりながらも、あらかじめ用意しておいた荷物の中から、蠟燭を取り出して灯りをつけました。

まことに、蠟燭の灯りと来たら、油とは違ってとても明るいものです。

おかげで、戸を除く三方の壁沿いに天井近くまで届きそうなほどの高い竹製の本棚があることも、中央にも左右の壁と同じ向きに並べられた本棚が二つ置かれていることも目にすることができました。

本棚は、五から六段あり、冊子本が収められていました。いくつかまだ空きのある棚もあり、貴族がこれからも貪欲に書物を集めていく魂胆なのが見て取れました。

書庫には燃え草となる書物がたくさんあるので、火事にしないように気をつけながら、私は蠟燭の灯りを頼りに『源氏物語』を探しました。

まず、戸口の両脇に唐櫃(からびつ)が置かれていたので、さっそく戸口から見て右側の蓋(ふた)を開けて中を調べました。

しかし、入っていたのは難しい内容の巻子本ばかりで、物語ではありませんでした。

次に左側の唐櫃の蓋を開けると、またしても巻子本が入っていたので、私はまたかとげんなりさせられました。

けれども、よくよく見てみると、巻子本の一つに「目録」と書かれているではありませんか。

この書庫にある書物の一覧があれば、『源氏物語』がどの棚にしまわれているか、探すのが楽になります。

私は、すぐさま目録の巻子本に目を通しました。

貴族は整理整頓(せいとん)が得意なお方のようで、書物の題名の下に「北の棚の上から一段目」や「中央東の棚の上から二段目」と、期待した以上に丁寧に書物の置かれている場所を書き記してくれていました。

『源氏物語』は、どの本棚にあるのかと、はやる気持ちで目録に目を走らせますと、西の棚の上より一段目から二段目にかけて置かれていることがわかりました。

私は蠟燭を片手に、喜び勇んで西の棚へ行きました。

すると、嫌な音を立てて書庫の戸が閉まる音が聞こえました。

まずいと思って戸に駆けつけた時には、手遅れでした。

錠をかける音が聞こえたからです。

思わず耳を疑っていると、外からあの家司の声が聞こえてきました。

「閉じこめてやったぞ、この盗人（ぬすっと）め。いやはや、『もしも鍵を盗まれたら、遠からず忍びこまれる兆し。その時は新しい錠をかけて盗人を閉じこめてやれ』と、あらかじめ御主人様から知恵と予備の錠を授けてもらっていなかったら、逃げられるところだった」

　頼みもしないのに、得意になった家司が口を滑らせてくれたおかげで、私は自分が今、どんな状況に置かれているのか理解できました。

　それと同時に、閉じこめられた事実よりも、この書庫の中に収められた書物を、何が何でも守り抜こうとする貴族の執念の方が、この名立たる大盗賊小殿よりも上手（うわて）だった事実に愕然（がくぜん）としました。

　もしも、外にかけ直された錠が、新しい錠でなければ、あらゆる手段を使って妻を呼び寄せ、私が持っている書庫の鍵を小窓から外へ投げ捨て、彼女に錠を開けてもらうことができました。けれども、貴族はそうした脱出ができないよう、私が鍵を持っていない新しい錠を用意して家司につけ直させたのですから、恐ろしく知恵が回ります。

　お恥ずかしい話、この頃の私は、自分よりも知恵の働く者はいないと自惚（うぬぼ）れていたため、自分より賢い者がいることがひどく悔しくてたまりませんでした。

「すぐに捕らえてやりたいのはやまやまだが、武士達が軒並み出払ってしまっているから、わし一人では無理だ。それに、こんな夜中に貴様を捕らえるために書庫へ灯りを持って押し入り、うっかり火の粉を落として御主人様の大事な書物を焼いては一大事……」

家司は、自分の思いを声に出しながら考えこみ始めました。

屋敷の主人への忠義はあるものの、どこか抜けたところがあると呆(あき)れながらも、私はその抜けた相手にしてやられている最中なので、歯噛(はが)みするしかありません。

私の煩悶(はんもん)をよそに、家司の考えはまとまったようで、手を打つ音がしました。

「朝になったら、武士達を率いて捕らえに来てやる。それまで、自棄(やけ)を起こして暴れて書物を荒らすのも、火を放って書庫ごと焼け死のうとするのも、なしにしてもらうぞ。書物を少しでも傷めたら、傷めた数だけ指を斬り落としてやる。だが、書物を傷めずにおとなしくしていれば、殺しはしない。せいぜい武士達に捕らえさせた後、顔に焼き印を押して屋敷から叩き出すだけですませてやる」

これだけ言って、家司は高笑いと共に去っていきました。

不幸中の幸い、私があらかじめ手下の女達を使ってこの屋敷の武士達を遠ざけておいたので、朝まで決して戻って来ない確信があります。

それでも、私は頭を抱えました。

戸の他に外に通じているのは、北の壁の天井近くの明かり取りの小窓だけですが、わずか三寸四方しかありませんし、おまけに竹でできたきめ細かな格子がついています。とてもではないですが、出られそうにありません。

このまま出られなければ、大盗賊小殿が、情けなくも捕らえられることになります。

命は助かっても、顔に焼き印を押されるなどごめんです。

そんなみじめな結末だけは、何としても避けたい。

その一念で、私は蠟燭を片手に改めて書庫中をくまなく調べてまわりました。

すると、探し求めていた『源氏物語』全帖が、目録の巻子本に書かれていた通り、西の本棚で見つかりました。

試しに何冊か手に取って、蠟燭の灯りを頼りに表題を見ていくと、そのうちの一冊に『夕顔』と書かれているのを見つけました。これぞまさに東路殿が面白いと言っていた、『源氏物語』の一冊です。

私は、閉じこめられていることを忘れ、目当ての物を見つけられた喜びに浸りました。

それから、本を抜き取ったことで、本棚には背板がない造りとなっていることに気づきました。

もしやと思い、他の本棚を見て回ると、同様にすべて背板がついていませんでした。

続いて、私は唐櫃を調べ直しました。中には隙間なく巻子本が入っていますが、すべて出せば大人が一人余裕で隠れられる大きさがあるのが見て取れました。

こうして書庫中を調べ終えてから、私は一人ほくそ笑みました。

これで、脱出の目処(めど)が立った、と……。

＊

私が語り終えると、途端に明けの明星が手を挙げました。

「今回は簡単だよ。唐櫃の中に隠れて、家司や武士達が書庫を開けて入ってきた隙をついて、扉から出て行ったのだろう」

自信満々の明けの明星には悪いのですが、私は首を振りました。

「唐櫃の中には巻子本がたくさん入っていました。人が隠れるにはそれらを出さねばならず、そんなことをすれば外にたくさん巻子本が出たままになります。そうなれば、すぐに企（たくら）みを見抜かれてしまいます」

「だったら、巻子本の山をもう一つの唐櫃にしまっておく……のは、だめですね。唐櫃は両方とも巻子本が入っていたので、到底入りきらないですよね」

成季様が、明けの明星の考えに便乗するように仰ってから、自分で自分の考えのまずさに気がつかれました。

「そうだよ、成季。だから、巻物を本棚の上に移すとか、どこか怪しまれないような場所に移さないと。どう、小殿。この考え」

成季様をたしなめてから、明けの明星は新たな考えを言いました。

「よいところまでお考えになっています。しかしながら、唐櫃に隠れたのではないことだけは申し上げておきましょう」

「唐櫃に隠れてはいないのか。それ以外、いったいどこに隠れられる場所があるんだろう……」

明けの明星が考えこんだところで、家隆卿が胸の前でポンと音を立てて両手を合わせました。

「小殿と呼ばれていることが、謎を解く糸口だよ」

「つまり、どういうことでしょうか、お師匠様」

不安げな顔で、成季様は家隆卿をまじまじと見つめられます。

「つまりだね、成季。小殿というだけに、体を小さくして明かり取りから抜け出したんだよ」

満面の笑みで仰られる家隆卿には申し訳ないのですが、私も、成季様も、そしてまだ年若い明けの明星も、開いた口が塞がりませんでした。

「家隆卿。よくぞ、そのお年まで世俗に塗れずにいられましたね……」

明けの明星が呆れ顔を隠さず、ませた口調で言います。

家隆卿は、にこにことしたまま、何を言われたのかわからないと言いたげに小首を傾げられました。

あまりにも穢れない家隆卿のお心に、私は苦笑せずにはいられません。

「これ以上考えても、よい考えが浮かびそうにありません。降参です、降参。どうか答えを教えていただけないでしょうか」

いつもは客人に恥をかかせないために自ら降参を申し出る成季様ですが、今回は師匠である家隆卿を見かねたからといった意味合いが強そうです。

成季様の気苦労を減らしたい私は、すぐさま応じました。

「承知いたしました。それでは、種明かしといたしましょう」

*

翌朝、家司は私に言った通り、武士達を連れて書庫を開けて中に入ってきました。

盗賊、つまりは私を捕らえようと殺気立っている武士達に、家司は貴重な書物があるので本にも本棚にも決して触れないようにと注意する声が聞こえてきます。

あの貴族にとってまことの宝は、書庫にある書物ではなく、この忠義な家司ではないかと今でも思います。

家司は、書庫に入って早々、扉の両脇に置かれた唐櫃のうち、向かって右側の唐櫃の蓋の上には巻子本と火の消えた蠟燭がきれいに置かれ、左側の唐櫃の上には何も置かれていないことに気づきました。

「おまえ達、こちらの唐櫃を囲むんだ」

家司が押し殺した声で命じたので、武士達も声も足音も立てないように用心しながら、唐櫃を取り囲んでいきました。

「唐櫃の中に隠れれば見つからないと思ったのだろうが、中にしまわれていた物を放っておいたままにするとは、まぬけな盗人め」

おそらく、盗賊の私が覚悟を決めて襲いかかってくるとは、夢にも思っていなかったのでしょう。

家司は押し殺した声のまませせら笑ってから、勢いよく唐櫃の蓋を開けました。

よほどこの家司は、前世での行ないがよかったに違いありません。

彼は、唐櫃から飛び出してきた私に、刀で喉を一突きにされることもなければ、体当たりを食らわされることもありませんでした。

なぜなら、唐櫃の中に私はいなかったからです。

「どういうことだ」

「てっきり盗賊が隠れているとばかり思ったのだが……」

不思議がる武士達のざわめきをよそに、家司はもう一つの唐櫃へ向かいました。

「恐らく、先程の唐櫃は罠(わな)で、巻子本が置かれている唐櫃の方に隠れているのだ」

家司は、慎重に巻子本を最初の唐櫃の中にしまってから、またしても武士達に包囲させた状態で二つ目の唐櫃の蓋を開けました。

しかし、そこにも私はいません。あるのは、巻子本だけでした。

「いったい、盗人の奴はどこに隠れているんだ……」

狐につままれた様子で愕然とする家司へ、追い打ちをかけるように声がしました。

「書庫の隅々まで捜しましたが、どこにも盗人はおりません」

これには、家司ばかりか武士達も驚き、困惑しました。

けれども、いくら書庫中をくまなく捜しても、私の姿はどこにも見当たりません。

「いったい、どうやってこの書庫からあいつは逃げ出したんだ。確かに、わしは新しい錠をかけて鍵をしっかりかけたのに……」

「もしかしたら、天井裏に潜んでいるんではありませんか」

少し知恵が働く武士が、家司に言いました。

「この書庫にそのような場所はない。先に言っておくが、縁の下もないぞ。書庫の床の下はすぐに基礎の石が敷かれておる」

「では、いったいどこへ盗賊の奴は消えたんですか」

「わからん。だが、何も盗まれた書物がないのが、不幸中の幸いだ。これ以上、長居して書物を傷めてしまっては、御主人様に申し訳が立たん。外へ出るぞ」

家司と武士達は、そんなやりとりをしながら、書庫を後にしました。

そして、優秀な家司は最後に書庫を出ると、中に誰もいないのを再び確認してから、新しい錠をかけて立ち去りました。

私は、そんな家司を心の中で嘲笑（あざわら）いながら、一晩ぶりの外の風を胸いっぱいに吸いこみながら、屋敷を立ち去りました。

そうです。

私は、まんまと彼らを出し抜き、書庫から抜け出すことに成功していたのです。

いかにして、私が錠のかけられた書庫から抜け出せたのか。

時を遡（さかのぼ）って御説明いたしましょう。

家司によって書庫に閉じこめられた私は、本棚が竹でできていること、背板がないことに活路を見出しました。

私は、書庫の戸の正面の北の壁にある本棚の前に立ちました。

それから、一度本棚からすべての本を出しました。こうすれば、竹でできた本棚は軽くなります。その上、背板がないので棚に腕を通せるため、容易く動かすことができます。ですから、本棚と壁との間に人一人が隠れられる隙間を作り上げるなど、造作もないことでした。

本棚が移動していることを見破られては一巻の終わりですが、貴族は常日頃から家司や武士達に書庫に入ることを禁じています。そして、唯一書庫の中を熟知している貴族は、一家総出で留守にしています。ですから、絶対に見破られない自信がありました。

続いて今度はその隙間に入った状態で、本をすべて並べ直します。こうすると、扉を開けた時に本棚が壁となり、私の姿が完全に隠れて見えなくなるのです。これも、背板がないおかげで楽に作業ができました。

しかし、じっくりと捜されると、この細工に気づかれてしまいます。

そこで、あらかじめ家司や武士達の注意が唐櫃へ注がれるよう、私はわざと中の巻子本を外へ出して置くことにしました。

そうすれば、あたかも唐櫃の中に私が隠れているように見えるからです。

この策はうまくいき、家司は武士達が私の隠れている本棚の裏までたどり着く前に彼らを呼び止め、唐櫃を包囲させました。

おかげで、この隙に私は本棚と壁の隙間から出ることができました。

それでは、家司や武士達に見つかってしまうとお思いになられるでしょう。

ですが、私は元々武士達に紛れこんで逃げる算段だったので、盗み装束の下に、妻に前もって用意してもらったこの屋敷の武士達と同じ色の胴腹巻と衣を身に着けておき、さらには、炭の粉を目元に塗り、口の中には綿を含んで面相を変えておりました。

こうして、武士達の中に紛れこんだものですから、家司は書庫へ入ってきた時よりも、出て行った時の方が、武士が一人多くなっていても気がつきませんでした。

結果、せっかく書庫の中に閉じこめていた私に、自分の目と鼻の先で脱出されることになってしまったのです。

ところで、武士に扮したのは、今のような用途や忍びこみをするためだけでなく、他にも理由があってのことでした。

盗んだ『源氏物語』を、運び出すためです。

北の本棚を動かし、自分が隠れられる隙間を作った後、私は西の本棚にある『源氏物語』全帖を、自分の衣の中に詰めこんでいきました。腹、脇、背中、とにかく衣の中に入れられるだけ詰めこみました。

ただ衣の中に詰めこんでも、動いてしまえば本が落ちて外へ持ち出したことがばれてしまいますが、上に胴腹巻を着ているおかげで、体と胴腹巻の間にきっちりとはさまって固定されるので、そんな心配はありません。

実際の私よりもかなり恰幅がよくなってしまっているのですが、本来の私の体つきを知る人がこの場にはいないので、怪しまれることはありません。それに、武士の格好をしているおかげで、誰も私に気を留めてはおりません。

そういうわけで、私は堂々と『源氏物語』全帖と共に、書庫の戸から外へ出ることができたのでした。

多数の冊子本が本棚から消えたことを気づかれては、すぐに大騒ぎになるので、私は他の本棚の本を少しずつ『源氏物語』の置かれていた棚に移し、盗まれていないように見せかけました。ただ、こうすると他の本棚に空白ができてしまいます。ですが、元々この書庫の本棚には空きとなっている棚があったので、普段から書庫の出入りを禁じられている家司や武士達にはわかるまいとの見込みがあったので、特に気にしませんでした。

何よりも、自分が脱出すること、『源氏物語』全帖を盗み出すことを、当時の私は重視していたからです。

こうした小細工が功を奏し、私は唐櫃を取り囲んでいる家司や武士達へ「書庫の隅々まで捜しましたが、どこにも盗人はおりません」と言って彼らが外へ出るように誘い、武士達の列の最後に加わって書庫から脱出することに成功したのです。

その後は胴腹巻の上から、もともと自分が着てきた衣を引っかけ、屋敷に出入りしている行商人達に紛れて抜け出したのでした。

家に帰りついた私は、すぐに『源氏物語』全帖を取り出し、妻と一緒になってきれいにのばしました。

「ねえ、あなた。せっかく『源氏物語』が全帖あるのだから、東路殿へ売る前に読んでしまいましょうよ」

「そいつはいい。人が何としてでも手に入れたがる、そして守りたがるほどの物語ってのはどんなものか、己も一度読んでみたかったんだ。だが、己はそなたのように教養がない。わからないところがあったら、何度も聞くことになるかもしれないが、それでもいいか」

「当たり前じゃないの。さあさあ、読みましょう」

足がつくような盗み方をしたわけではないので、捕まる心配がないという気の緩みも手伝って、私達夫婦は『源氏物語』全帖を読み始めました。

評判に違わず『源氏物語』は、今まで読んだこともないほど面白い物語でした。

やんごとない貴公子や姫君達を中心に描かれている物語ですが、脇に登場する身分の低い者達が、したり顔で女の品定めを語ったり、主人から預かっている別荘に勝手に畑まで作って自分の物にしようとしたりする様子などがとても生き生きと書かれており、私は「こういう人間はよく見かける者だぞ」と何度も笑みを誘われました。

妻はさすがに私よりも知性と教養があるので、貴公子と姫君達の人生が思うにまかせぬままに進んでいく様子に、深く感じ入った様子で読んでおりました。

形は違えども、夫婦そろって『源氏物語』を堪能（たんのう）したのですが、一帖だけ、ひどく退屈な物語がありました。

「こいつは、えらく退屈だな。なくてもいいんじゃないか」

「あなたもそう思って。長い物語の中には、失敗作も交ざるものなのね」

「そうだな。こんなのがあったら、値打ちが下がる。こいつは焚(た)きつけにでもするか」

「そうね。なくても『源氏物語』の本筋に影響がないもの」

『源氏物語』は、五十四帖から六十帖あるというので、一帖減っても怪しまれまいと考えた私は、一帖だけ抜き取って焚きつけにしてしまいました。

そんなこんなで夫婦で『源氏物語』を全帖読み終えた頃、秋は終わり、新年を迎えていました。

私は、正月の慌ただしさがすぎてから、東路殿を家に招きました。

もちろん、『源氏物語』全帖を売りつけるためです。

「前におまえさんが話していた『源氏物語』だが、妻に頼んだら人づてに全帖を持っているさる高貴なお方を突き止めてくれてな。そのお方から、妻は『暮らしが苦しいから、もののあはれを解する者に極秘で売ってほしい』と頼まれたのだ。東路殿がもののあはれを解するお方なのは、己もよく知っている。だから、問題はいくら出せるかにかかっている。ちなみに、そのお方が御入用なのは……」

私は、東路殿が裕福なことを承知していましたので、『源氏物語』全帖の値段として莫大(ばくだい)な米や反物を要求しました。

「何だ、その程度で『源氏物語』全帖を売って下さるのか。百頭の名馬と交換しても惜しくないと思っていたから、そんなのお安い御用だ」

東路殿は上機嫌で、私に言われるがままに米や反物をくれました。もちろん、すべて私と妻の懐に納まったのは言うまでもありません。

よほど『源氏物語』全帖を手に入れられたことが嬉しかったのでしょう。東路殿は、私が要求してもいないのに、後日屋敷に招いてごちそうを振る舞ってくれたのでした。

*

私が語り終えると、成季様と明けの明星は、毎度のように満足した様子で話を聞き終えていました。

しかし不思議なことに、家隆卿はひどく気まずいお顔になられています。

どうされたのかと私が訝しんだ直後でした。

簀子に控えていた家隆卿の従者が、持っていた紙燭（室内用の照明具の一種。松の木を棒状に削って先端に油をつけて燃えやすくした物）で、私の顔を殴りつけてきたではありませんか。

幸い、紙燭の火は消えていたので火傷はせずにすみました。驚いて叩かれた頬へ手をのばすと、指先に黒々とした煤がつきました。どうやら一度使った紙燭らしく、私の顔は煤塗れになっているようです。

いったい、どうして突然このような目に遭ったのでしょうか……。

「よくも……よくも、私の『源氏物語』を盗んだなっ」

従者の方の怒号が轟き、私は驚きのあまり、目の前に佇む彼を見上げました。

咳がやみ、口元を袖で隠していないので、お顔がよく見えました。

年は、私よりも一つか二つ上で、家隆卿よりも五歳ほど下とお見受けします。

ひどくやせ細っており、首も顔に負けず劣らず細く、死者と見紛うほど病弱そうなお方でした。

けれども、目だけは違います。

眦が吊り上がり、ひどく険しい目つきとなっているその目だけは、凄まじいまでの熱気を帯びておりました。

そのせいでしょうか。見るからにただ者ではない気配が漂っていました。

私が呆然としながらも、従者の方を見定めていますと、家隆卿が困り果てた声で彼の袖を引きました。

「落ち着くんだ、定家卿。君が睨んだ通り、小殿が下手人と突き止められたんだ。手荒な真似はそこまでにして」

私の『源氏物語』。

定家卿。

この二つの言葉が頭の中で一つに結びついた刹那、私は絶句しました。

彼こそ、家隆卿と並び称される大歌人藤原定家卿であり、私がその昔、『源氏物語』全帖を盗んだ貴族その人だったのです。

「小殿の評判を聞いて、前に君の『源氏物語』を盗んだ盗賊の正体は彼かもしれないので確かめたいと、私には小殿から話を聞き出す役を、自分は従者の役をして外で聞き耳を立てると言うから協力したのに、まさか手荒な振る舞いをするとは思いも寄らなかったよ」

鬼神もかくやという恐ろしい形相になっておられる定家卿に、成季様と明けの明星は腰を抜かしておりましたが、家隆卿は穏やかに話しかけ、鎮めにかかりました。見かけに寄らず、稀有(けう)な胆力の持ち主です。

「私も、最初は下手人を突き止めるだけにしようと思っておりました、家隆卿。しかしっ。心血注いで書き写した『源氏物語』が売り飛ばされた挙句っ、一冊は焚きつけにされてしまったと聞いてはっ、とても正気ではいられませぬっ」

口から炎を吹き出さんばかりの怒声を上げてから紙燭を放り捨てると、定家卿は枯れ枝のように細い手指のどこにそんな力があるのかと訝しく感じられるほどの強い力で、私の胸倉をつかみ上げました。

「言えっ。『源氏物語』のっ、どの帖を焚きつけにしてしまったのだっ」

親兄弟を殺された者すら足下にも及ばないほどの憤怒(ふんぬ)と憎悪を浴びせかけられ、私は定家卿の気迫に呑(の)みこまれてしまいました。

多くの盗賊達を知っていますが、今の定家卿の気迫に勝てる者はまずはいないでしょう。

大歌人が、大切な書物を盗まれたせいで、憤怒と憎悪と恨みで我を忘れてしまう。

これが、盗賊として生きてきた私が生み出してしまった悪因悪果かと思うと申し訳なく、心苦しい限りです。

それと同時に、人から恨まれることは、こんなにも恐ろしいものなのかと、この年になって初めて実感できました。

これまで私が命を奪ってきた者達は皆、定家卿のような恨みを抱いており、隙あらばあの世から舞い戻って私に祟(たた)りを成そうと考えているのではないか。そのような考えが脳裏をかすめたほどです。

しかし、今は私自身のことなど、どうでもよいのです。今は少しでも定家卿が心穏やかになれるようにするのが大事です。

私は胸倉をつかまれ、揺さぶられながらも、一生懸命焚きつけにしてしまった帖を思い出しにかかりました。

あの時、妻は焚きつけにしてしまった帖を何と言っていたのでしたか……。

不意に、妻が私へ明るく微笑みかける姿が鮮明に思い浮かびました。

声は聞こえませんが、口が動いているのがわかります。

この口の動きは――。

「――『輝く日の宮』」

私は、思い出の中の妻の口の動きを見ながら言いました。

「私が焚きつけにしてしまった一帖は、『輝く日の宮』でした」

俄かに、私の胸倉から定家卿の手が離れました。

続いて、定家卿は長々と安堵の息を漏らしました。

そして、次に私を見た時には、先程まで放たれていた憤怒も憎悪も恨みも、何もなくなっていました。突如、平静になられたと言うのが一番近いかもしれません。

「都中に名を馳せた伝説の大盗賊小殿に、かえって礼を言わねばならぬな」

冷静そのもののお言葉ですが、御言葉通りに受け止めてよいのか、私は大いに迷いました。

成季様と明けの明星、それに家隆卿の方を見れば、定家卿の豹変ぶりに困惑一色になっておられました。

そんな私達を一顧だにせず、定家卿はその場に腰を下ろされました。

すると、嬉々として語り出したではありませんか。

「私は長年『源氏物語』を愛読し、また研究もしているのだが、若い頃に『源氏物語』を書き写している際、つい魔が差し、勝手に『輝く日の宮』という帖を書きたしてしまったのだ。どうせ私だけが読むものなので、お粗末な出来栄えでも問題ないと思っていたが、ある日よりにもよって『輝く日の宮』を加えた『源氏物語』が盗まれてしまった」

ここで、定家卿の目つきが再び険しくなったので、私はまたあの怒りが始まるのではないかと、思わず一瞬身を縮めてしまいました。

けれども、定家卿の目つきはすぐに元に戻りました。

「もしもそれが他の者の手に渡り、書き写して写本を作られてしまっては、紫式部が書いてもいない『輝く日の宮』が『源氏物語』として広く世に出ることになる。そこで私は、人に贈呈する『源氏物語』の写本に『「輝く日の宮」はもとより存在しない』と注釈を書いて、必死に『輝く日の宮』が人目に触れて紫式部の作品と誤解され、写本が作られることのないようにしてきた。それでも、私の知らないどこかで『輝く日の宮』の写本が作られ、世に広まっているのではないか、常に不安であった。だが、盗まれてすぐに焚きつけにされ、この世から消え去っていれば、もう憂えることはなし。やっと安心できる」

　話し終えた定家卿は、とても晴れやかな御顔になっておられました。とても、先程の憤怒に満ちた形相となっておられたお方と同一人物とは思えません。

　定家卿の御言葉を、額面通りに受け取るべきか否か、私が困惑していると、家隆卿が朗らかな笑い声を上げました。

「よかったね。これで君の長年にして最大の懸念が解決した。さあ、大声を出して喉が痛んだろう。君は喉が弱いんだ。柿浸をお飲み」

　家隆卿のこの御言葉のおかげで、瞬く間に場が和みました。定家卿は、穏やかな表情に変わりました。

「お気遣い、痛み入ります、家隆卿」

「それでは、私がお酌をいたしますよ、定家卿」

「ここはこの場で最も年少の吾（あれ）がお酌します」

　成季様と明けの明星も加わり、柿浸を味わう酒宴に変わりました。

「私もお酌をいたします、定家卿」

私もお酌に加わると、たちまち定家卿の目つきが鋭くなりました。

「酌をした程度で、おまえの罪が許されると思うのではないぞ」

低く重苦しい声で告げられ、私はおろか、この場にいた誰もが息を飲みました。

しかし、定家卿は周囲のことなど頓着せず、眉間に皺を寄せながら私を睨みつけました。

「『源氏物語』を全帖読んだということは、おまえはある程度文字を読めるのだな。ならば、書くこともできるか」

「は、はい。石清水八幡宮で稚児をしていた折、僧侶達から教わりました」

何を意図してお訊ねになっているのかわかりませんが、私は正直に答えました。

すると、定家卿は唇の片方だけを上げ、何とも凄みのある笑みを浮かべました。

「ならば、私から『源氏物語』を盗んだ罰として、これからは写本作りを手伝ってもらうぞ。和歌を詠むのにふさわしい状況や心情を学ぶためには、物語や日記を読んで学ぶのが一番の近道。そこで私は、一つでも多くの物語の写本を作ろうと常日頃から家の者達に命じて書かせているが、いかんせん万年人手不足だ。だからっ」

ここで急に、定家卿は語気を強めました。

「おまえが文字の読み書きができるならば、写本作りを手伝えっ。言っておくが、断るのも逃げるのも許さぬぞっ。おまえの犯した罪の償いは、しっかりしてもらうっ」

それから、私がお仕えしている御主人様にかけあわねばと、定家卿は独り言ちるのでした。

突然の流れに、私が呆気に取られる中、定家卿は何ごともなかったかのように、家隆卿と上機嫌で柿浸を飲み交わし続けるのでした。

家隆卿と定家卿がお帰りになり、成季様がお見送りに出ました。

私も顔を洗い終えたら門の所まで行き、お見送りをしようと考えていると、明けの明星が同情の眼差しを向けてきました。

「小殿、写本作りの手伝いをさせられることになるなんて、今日は災難だったね。吾も修行の一環として写経をさせられているからわかるけど、とんだ苦行だよ。考えただけでも手首がおかしくなりそうだ。吾はまだ若いから平気だけど、小殿はいい年だから心配だよ」

気にかけてくれる人がいるのは、とても嬉しいことです。

私は、胸が温かくなるのを感じました。

「心配して下さってありがとうございます、明けの明星。けれども、よいのですよ」

明けの明星が納得のいかない様子でしたので、私は今の心情を説明することにしました。

「これまで私は、盗賊として数多の罪を犯してきたものの、罰を受けたことはいまだにありませんでした。寛大な裁きを畏れ多く思いながらも、その一方で、今日まで何ら咎め立てされていないことを心苦しくも思っていました」

これは、本心からの言葉でしたが、明けの明星はまだ納得がいかない様子です。

「小殿は自ら検非違使別当の許へ出頭した結果、罪を許されたのだから、心苦しく思う必要はないじゃないか」

「ええ。しかし、人の心はそう単純なものではないのです。例えば、酒を飲んで悪酔いをしてさんざん暴れに暴れた後、酔いが覚めてから自分が荒らした状況に気づいたとします。調度品は壊れ、汚い物が床に広がり、目も当てられません。そんなひどい有様を目の当たりにしていながら、周りの人々に『おまえは悪くない』『許されたのだ』と言われ、荒れて汚れたままの家の中にいても、心の奥底から安堵できますか」

「……無理だ。吾なら、汚した跡を自分できちんと片づけてから、その言葉を言われたい」

「私の心情も、同じようなものです。何もしないで許されても、つらいものがあるのですよ。けれども、このたび定家卿は私に片づけをする機会を、すなわち罪滅ぼしの機会をお与え下さったのです。おかげで私は、自分の犯した悪因悪果のうち、罰を受けることによって『源氏物語』を盗んだ罪については決着をつけられたのです。今まで何ら罰を受けて来なかったがために、何一つ悪因悪果に決着をつけて来なかった私にしてみれば、これはとても大きな前進です。一見すれば厳しいようではありますが、定家卿が一番温情のこもった裁きを、この私にして下さったのです」

私の説明に、今度こそ納得がいったようで、明けの明星は感慨深げに何度も頷きます。

「そうか。考えようによっては、小殿は罪滅ぼしもできるし、盗賊だった悪因悪果を、偉大なる歌人であらせられる定家卿の写本作りを手伝うことで善果に転じられたのだから、こんなに素晴らしいことはない。よかったね」

明けの明星は、声を弾ませます。

これは、思いがけないことでした。

今まで、成季様と明けの明星へ私の盗賊時代の話を聞かせ、楽しんでいただくことを善果だと思っておりました。

しかし、明けの明星の言う通り、考えようによっては、定家卿の『源氏物語』を盗んだ悪因悪果が、写本作りを手伝う善果に転じたのです。

悪因悪果を少しでも善果に転じたい。

長年の思いが、天に通じたのでしょうか。

私は、新たな張り合いを感じられました。

見送りのために外へ出ると、一陣の寒風が庭を吹き抜けました。一緒に庭に出た明けの明星が、身震いをします。

けれども、私は平気でした。

その風が、妻と仲良く柿浸を飲み交わしていた時と同じ、満ちたりた気分を吹き寄せてくれたからです。

風が去り、雲が流れ、夜空に広がる糠星(ぬかぼし)が、いつになく美しく澄み渡って見えました。

雪因果

建保五年（一二一七年）六月某日の小殿

青天の霹靂とは、このことを言うのでしょうか。

夏の終わり、夕立が去った後のことでした。

私が家で定家卿に渡された物語を書き写していると、約束の日ではないのに、成季様が訪れになられました。

息を切らせたまま、成季様はこう告げられました。

「明けの明星が、今月には社僧として故郷の神社の別当に就任するので、都を去ることが決まりました」

別当と言えば、人々を統括する者です。

まだまだ子どもと思っていた彼が、もうそのような責任ある地位に就任する歳になったことに感慨を覚え、私は目を細めました。

それと同時に、これからの日々に彼がいないことが寂しくもありました。

「それで明けの明星は、都を去る前に、最後にあなたの話を聞きたいと言っているんです。約束の日ではないのにたいへん申し訳ないのですが、今晩あなたの家に来てもよいですか」

「もちろんですとも。せっかくなので、今宵は彼への餞別の宴としましょう」

私は快諾すると、大急ぎで宴の支度を始めました。

とは言え、急なことなので、たいしたものを用意できません。

若鮎がおいしい季節ですが、明けの明星は僧侶なので生臭はいけません。

そうなれば、できることは一つ。私は市でよく熟れた甜瓜を買い求め、急いで井戸水で冷やしました。冷やせば甘みが増すので、明けの明星も満足でしょう。

盗賊だった若い頃は、夏の暑い日に宴をする時は、貴族の屋敷から氷と甘葛煎（甘味料の一種）を盗み出し、削氷（かき氷）を作って食べたものです。

しかし、盗賊をやめた今は、宴に盗品を出すのはあまりにも心ない仕打ちだと、よくわかっています。

宴に来た方々が、何ら後ろ暗い気持ちにならない料理を出すことこそ、おもてなしというものです。

そういうわけで、私が用意できたのは、甜瓜、茄子の漬物、汁物、麦飯、それに少々のお酒でした。

せっかくの宴なのにものたりなさを覚えつつも支度を終えたところで、俄かに門戸が騒がしくなりました。

話し声や足音だけならまだしも、牛車の車輪が軋む音まで聞こえてきます。

私が貴族に仕えるようになり、この賤家を与えられてこの方、初めてのことではないかと思うほどの人の数が門戸の前に集結しているのを感じました。

呆気に取られているうちに門が開き、まずは緊張した面持ちの成季様と明けの明星が顔を出されました。

続いて、運慶様と慈円僧正様が、さらには家隆卿がお顔を出されましたが、こちらの方々もまた一様に緊張された面持ちです。

最後に御顔を出されたのは、堂々たる体軀の、猿楽の面をつけた舞人でした。

「ここが伝説の大盗賊小殿の家か。お初にお目にかかる。私は舞人の狛定近だ。小殿の盗賊時代の話を聞けると聞いて、成季に頼んでついて来た。今宵は楽しませてもらうぞ」

声色と話し方、立ち居振る舞いを変えておいでですが、端々から滲み出る王気と上品さは隠せておいでではありません。

実際におられる舞人の名を名乗っておられますが、御本人様ではないのは即座に見抜けました。

詩歌管弦に秀でておられるばかりか、水練や剣術、流鏑馬などの武芸にも精通されている、才能豊かなお方であられるのに、どうして上皇様はこうも化けるのがお下手なのでございましょう。

何はともあれ、すでにお亡くなりになった栄西様を除く、これまで私の話を聞きに来られた客人の方々が、上皇様を含めて全員お集まりになっているさまは、まさに圧巻の一語に尽きます。

不興を買わないようにしながら上皇様へ御指摘することもできますが、今宵は明けの明星の餞別の宴です。

宴が始まる前から輿を削ぐような真似をしては、明けの明星が不憫です。

私は、初対面の方へするように上皇様へ頭をお下げしました。

「これはこれは、都では知らぬ方のない舞人の狛定近様がこの賤家にお出で下さるとは、明けの明星の餞別の宴が華やぎます。どうぞ、お上がり下さい」

私が本当に正体を見破っていないと思ったのでしょうか。明けの明星を始め、客人の方々がいっせいに小さく、そして密やかに安堵の息を漏らしました。

「飛び入りで参加させていただくにあたり、料理を用意してきた。遠慮なく食すがよい」

上皇様が軽く手を叩くと、瞬く間に召し使いの方々が我が家に押し寄せ、ごちそうを並べていかれました。

上等な酒がいくつも運びこまれたばかりか、ふんだんに盛られた米の飯を始め、料理の味付けのための酒、塩、酢、醬（味噌と醬油の中間のような調味料）がそろい、蒸し鮑と干して焼いた蛸、雉の脯（干し肉）などのごちそうが次々に並べられます。茄子の漬物もありましたが、そちらは私が用意した塩漬けのものとは違い、粕漬でした。汁物にはおいしそうなわかめが入っています。

「これはいったい、何でしょうか」

明けの明星が自分の前に並べられたごちそうのうちの一つを指差し、上皇様に訊ねました。

それは、香ばしくうまみの利いた香りを漂わせている袋の形をした唐菓子でした。

「それは、清浄歓喜団だ。比叡山延暦寺の仏事にて出される、世にも稀にして美味なる唐菓子で、このたび慈円……慈円僧正様が手配して下さったのだぞ」

上皇様が、一生懸命舞人のふりをされながら、慈円僧正様へ水を向けました。

慈円僧正様は、御自身が座主を務められた延暦寺の唐菓子を上皇様にお褒めいただけたので、威厳のある御顔に晴れがましさが浮かんでおりました。

「清浄歓喜団は、甘葛煎を混ぜた米粉で作った生地の中に干した杏を刻んで詰め、油で揚げたものだ。頰が落ちるほど甘くて美味だぞ」

慈円僧正様の説明を聞き、明けの明星は顔を輝かせます。もう彼の口の中では、清浄歓喜団の味が広がっているのでしょう。

それにしましても、肉や魚を食べてはならない僧侶の方々も楽しめるように唐菓子を御用意されてくるとは、さすが上皇様です。

せっかくの明けの明星の餞別の宴なのに、あまりごちそうを用意できず心苦しい思いをしていたのですが、おかげさまで華やかになりました。

こうして宴が始まり、私は客人の皆様方にお酌をしてまわりました。

「小殿、おまえさんのおかげで、鎌倉殿に頼まれていた釈迦如来像を無事に完成させることができたよ。おまえさんに似たお釈迦様が、今は鎌倉の寺におわすぞ」

運慶様は、快活な笑い声をお上げになりました。かつて盗賊であった私が、釈迦牟尼仏の顔に使われているとは、畏れ多い限りです。

「琵琶を持ってきたので披露しましょう」

成季様も、明けの明星の餞別の宴を楽しくするために一役買おうと、琵琶を奏でにかかりました。私も篳篥を吹いて合わせますと、慈円僧正様が手拍子を打って下さいます。

そこへ、畏れ多くも舞人に扮した上皇様が、華麗な舞を披露して下さったので、誰もが感嘆の息を漏らしました。

もしも上皇様でなければ、もっと大っぴらに舞への感動をあらわにできたことでしょう。

音楽と舞が終わったところで、家隆卿が餞別の和歌をお詠みになると、明けの明星が恍惚とした顔で聞き入っておりました。

「大歌人の家隆卿に和歌をお詠みいただけるとは、光栄です。吾も和歌を詠めればよいのですが、いかんせん、なかなか身につきません。故郷の叔父は和歌を詠めるのに、何とも悔しい話です」

「あなたは、まだ若い。これからいくらでも和歌を身につける機会に恵まれますよ」

私がなだめると、すかさず家隆卿が鷹揚に頷かれました。

「そうそう。私も歌人として世に出たのは、四十近くになってから。明けの明星はまだまだ若い。諦めるのは早いよ」

「和歌は身につかなかったが、ここ二年の間に師匠の僧侶の護衛を務めるために体を鍛えた甲斐あって、今では弓や刀ばかりか、薙刀の扱いも上達しているではないか。欲張ってはならんぞ、明けの明星」

しかつめらしい御顔で、慈円僧正様が仰せになると、明けの明星は自分の成長に気づいたのか、はにかんだ笑みを浮かべました。

「そうでした。都にいる間、吾も身につけられたものがありました」

慈円僧正様が仰った通り、明けの明星は二年前に初めて会った時と比べて背丈も伸びましたが、たゆまぬ努力の結果、肉付きもよくなり、上皇様に負けず劣らず堂々たる体軀となってきておりました。

何よりも、初めて会った時は弟を亡くした心痛で落ちこんでいたのが、見違えるように明朗快活になってよかったです。

「小殿、明けの明星が故郷へ帰る前に、盗賊時代の話をしてもらえないか」

上皇様が、舞人のふりをなさっているのをお忘れになられ、猿楽の面をおはずしになってお酒を召し上がっていたので、驚かずにはいられませんでした。

あまりのことに絶句していたのが、かえってよかったようです。

「おっと、いかん。ついにばれてしまったか。どうだ、驚いたか」

上皇様は今の今まで私の目を欺けたと信じて疑わない御様子で、とても上機嫌でした。

「驚いたも何も……。皆様は御存知だったのですか。それなのに、教えて下さらないとはお人が悪い……」

私は本当に今の今まで正体に気づかなかったと、上皇様に確信していただくべく、かすれた声を作って訊ねました。

「すみません。ここへお忍びで来るためには、御所の者達の目を欺く必要がありましたので、悪く思わないで下さい」

すかさず成季様が私の調子に合わせ、申し訳なさそうな笑みを浮かべました。

「いつもこちらを驚かせている小殿を反対に驚かせるとはお見事です、上皇様」

明けの明星も、調子を合わせて上皇様へお礼を申し上げます。成長しましたね、本当に。

「いやぁ、いつばれるのかと私がびくびくしていたせいで、上皇様の正体が見抜かれずにすんでよかった」

家隆卿は、肩の荷が下りたような顔で力なく微笑まれました。

「涼しい御顔で和歌をお詠みになっていたのに何を仰りますか、家隆卿」

運慶様がそう言って、家隆卿を安堵させて下さいました。

「上皇様、あまりお戯れをなさらないように。伝説の大盗賊の目を欺いたことが噂になっては、御所を抜け出してお忍びで出かけられたことが近臣達に知れ、いらぬ諫言(かんげん)を受ける羽目になりますぞ」

さすがは、慈円僧正様。上皇様の面目を立てつつも、しっかりと御忠告されています。

「わかっておる、慈円。それよりも、話は戻るが、小殿よ。今宵の宴の主役は、明けの明星だ。餞別としてこやつが聞きたい話を聞かせてやれ」

上皇様は、慈円僧正様を軽くいなしながら、私へそう仰せになられました。

粋な御計らいに、私も賛成でした。

「承知いたしました。それでは、明けの明星。どのような話を聞きたいですか。笑い話がよろしいですか。それとも、怖い話でしょうか。泣ける話もございますよ」

彼に語りかけながら、私はこの二年間、明けの明星にたくさんの話を聞かせた思い出が蘇ってきて、早くも胸がいっぱいになってきてしまいました。

「なら、謎かけの形で、小殿が叔父を殺した時の話をしてよ。前から物騒だと言ってはぐらかされ、詳しいことを聞かせてもらえなかったけれど、もう吾は子どもではないから大丈夫だよ」

無垢な笑顔をしながら子どもではないと言っても、さほど説得力がありません。

それはともかくとして、物騒な話を聞きたがるとは、僧侶とは言え少年なので武勇伝として聞きたいのでしょう。

これで明けの明星に語り聞かせるのが最後だと思うと、胸にこみ上げてくるものがあります。

私は、涙で声が震えないように気をつけながら、居住まいを正しました。

「それでは、叔父を殺した時の話をいたしましょう」

＊

あれは今から三十九年も昔のこととなりますから、治承二年（一一七八年）の冬のことです。

その年の四月、都は大火に見舞われました。今で言うところの治承の大火です。

しかし、前年の治承元年には安元の大火と鹿ケ谷の陰謀という世の中を震撼させる出来事が二つも起き、翌年の治承三年には六波羅入道が後白河法皇様を幽閉した政変というたいへん大きな出来事が起きたため、記憶が定かではありません。

ですからこの年は、叔父を殺し、石清水八幡宮を飛び出したということばかり鮮明に覚えています。

私は、十三歳でした。

九歳の折りに武士だった父を病で亡くし、その菩提を弔う僧侶になるべく、故郷を離れて石清水八幡宮に預けられたのでした。

石清水八幡宮に仕える社僧達は、私達のような稚児に、礼儀作法から始まって、文字の読み書きや舞楽の類など、様々なことを教えてくれました。

私は特に篳篥が上達し、石清水八幡宮で行なわれる祭儀の際には楽人として篳篥を吹いておりました。

祭儀がない時も篳篥を披露してまわったので、私は社僧達や稚児達からはもちろんのこと、石清水八幡宮に仕える番匠（大工）や杣工（木こり）達からも好かれておりました。

石清水八幡宮はいくつもの社殿や宝塔、それに橋などがありますので、いつもどこかしら修復するか新築する必要がありました。ですから、番匠と杣工達とは頻繁に顔を合わせる機会がありましたし、また彼らが仕事をするところを目にする機会もありました。

杣工達が大鋸で山中の大木を切り倒し、それを木馬（木材運搬用の橇）に乗せて運び出し、番匠達の許へ送り届けるのです。番匠達は切り倒された大木を、手斧や槍鉋などの道具を駆使して瞬く間に柱や床板等に加工し、建物を造り出すのでした。

しかし、こうした仕事は根気が必要な上に、えらく退屈です。そこへ私が篳篥を吹きに来て彼らを楽しませていたので、時々彼らが川舟に乗って都へ仕事に出かける時には、一緒に連れて行ってもらうこともありました。

御存知のように、石清水八幡宮は都の南西、桂川と宇治(うじ)川と木津(きづ)川の三つの川が合流して淀(よど)川と名を変えるほとりにある男山(おとこやま)の頂上に鎮座しています。ですから、都へ行く時は川舟を使った方が早く行けたのです。

淀川では鮎がたくさん獲(と)れましたので、番匠や杣工達が夏から秋にかけて、私のために鮎を持って来てくれたこともありました。

私はそれを、親しい稚児達と分け合って食べていたので、稚児達は私と親しくしていればうまい物にありつけると考え、よくしてくれました。

石清水八幡宮を警固している悪僧達も、警固で退屈しているところへ私が篳篥を吹きに来るので、いつも歓迎してくれました。そして、私に弓や刀、薙刀の使い方を教えてくれたのでした。元々故郷で父から基礎を習っていたので、私はすぐに上達しました。

このように、おおむね私の石清水八幡宮の暮らしは良好だったのですが、ただ一人、欲深な稚児には手を焼かされました。

彼は田鶴丸(たづまる)と言って、いつも哀れを誘う顔をしては他人に物をよこせとしつこくねだり、断れば大声で泣き出して社僧達を味方につけては自分の思い通りに物を手に入れるので、稚児達には悩みの種でした。

私にとっても彼は悩みの種でしたが、鮎一匹でもくれてやれば、私を汚らわしい目で見る社僧の寝床に馬糞の山を築き上げることも厭わないことを知ってからは、どうにかうまく付き合えるようになっていました。

今にして思えば、何とも薄情な人付き合いをしていたわけですが、当時の私は幼くて、自分の残酷さに関してまったく自覚がありませんでした。

さて、稚児の暮らしは良好とは言いましたものの、それでも馴れ親しんだ故郷や人々から離れていたので、寂しさはありました。

特に、母と離れ離れになったことが寂しくもつらいことでした。

母からの文は時々届きましたが、女の身では石清水八幡宮までの長旅には耐えられないので、顔を合わせることはできませんでした。

ですから、私は時々父の弟である叔父が、石清水八幡宮を参拝した翌日に、私に会いに来てくれるのをいつも楽しみにしておりました。

叔父は、身の丈六尺五寸（約百九十七センチ）、またがった馬が仔馬に見えてしまうほど、非常に押し出しがいい巨漢の武士でした。

たくさんの家人を引き連れて石清水八幡宮を訪れるたびに、叔父は人々の注目の的となっており、自慢の叔父でした。

故郷にいた時、叔父はよくその大きな体で肩車をして、私のよき遊び相手を務めてくれました。

叔父も子どもの頃、教養を身に付けるために石清水八幡宮へ稚児として預けられていたことがあり、そこで師匠に当たる社僧からいただいた竜笛（りゅうてき）（横笛の一種）を宝物として肌身離さず持ち歩いていました。

当然、石清水八幡宮に参拝に来た時も竜笛を持って来ているので、私は叔父と会った時には必ず一緒に篳篥を吹いて、楽しい時間を過ごしたものでした。

ところが、治承二年のこの年の冬の初め、故郷から母の病死を知らせる使者が石清水八幡宮に訪れたのを機に、私は叔父の本性を知るところとなりました。

「六道丸（りくどうまる）様、こんなひどい話はありません」

母が病死するまでのいきさつがしたためられた文（ふみ）に私が目を通していると、使者である下人のじいやが、突如悔しがり始めたので、驚きました。ちなみに、六道丸とは私の幼名です。

最初、じいやが私の母が亡くなったことを悔しがっているのかと思ったのです。それというのも、このじいやは、他人の不幸には共に悲しみ、正直であることを尊び、嘘がつけないため、善良な男として知られていたからです。

ところが、よくよく話を聞いてみると私の予想は大いに裏切られました。

何と、私が父から相続していた所領はすでに叔父が横領していること。

そもそも、父の死は叔父が仕組んだこと。

私が石清水八幡宮に入れられたのも、所領を奪うためだったこと。

このたび母が死んだのも、文に書かれているような病死ではなく、叔父に所領を奪われ困窮した結果の餓死であったこと。

次々に驚愕すべきことを、じいやは打ち明けてきたのです。

もしもじいや以外の者が言っていなければ、嘘だと思っていたでしょう。

しかし、先程も申し上げた通り、じいやは嘘がつけません。

すると、私が誇りにしている大好きな叔父は、とんだ悪人だったことになります。

しかも、父が死んでからこの方、数年もの歳月、私を騙していたのですから、極悪人もいいところです。

愕然とする私に、じいやは思いつめていながらも、どこか吹っ切れた顔をしてから、深々と頭を下げました。

「もうあっしはこれ以上叔父上様にお仕えする気にはなれません。このまま行方をくらまそうと思います。六道丸様、どうか末永くお元気で」

じいやは、そう言うなり、どこかへ行ってしまいました。

じいやに対し、私は冷めた思いを抱きました。

母はおろか父も非業の最期を遂げたことを私に知らせたのに、仇討ちの手伝いをしようと申し出るわけでもなく、ただ自分が悪事に加担していたわけではないと私に打ち明けることで、私の両親を見殺しにした後ろめたさをなくしたかっただけのことなのです。

このように本当に善良な人間ではなく、目上の相手に媚び諂って善良を気取っていた小心者にすぎなかったから、叔父もじいやが私に口を割るまいと侮り、偽りの文を運ぶ使者に選んだのでしょう。

　じいやと言い、叔父と言い、私に縁のある大人達がことごとくあさましく愚かなので、私は呆れ返らずにはいられませんでした。

　ここで人の世や心のあさましさを悟り、仏の道に進む機縁と考え、僧侶となる道を選べばよかったのですが、この頃の私はどうしようもない悪童でした。

　当時の私は、何もかも叔父の思惑通りに事が進んでいくことが許せなかったのです。

　そこで、叔父を殺害することに決めました。

　叔父を殺せば、叔父の家族や郎党が仇討ちとして、私の命をつけ狙うのは目に見えています。

　そうなれば、二度と故郷へは帰ることはできないでしょう。

　けれども、私を騙して大きな面をして生きている連中の思惑通りに事を進めさせずにすむのなら、命や故郷を捨ててでも実行する値打ちはある。

　そう頭から信じこんでいたので、叔父が次に石清水八幡宮を訪れた時を狙うことにしました。

　参拝の時は、いつもたくさん引き連れているお供の家人達を本殿の南面のふもとにある三ノ鳥居に待たせて一人だけ参拝しに行くことを、私は叔父から教わって知っていたからです。

　叔父を殺すのに、こんな好機はありません。

　私は、ただちに叔父を殺す支度を始めました。

　ただ、四つの障害がありました。

　一つ目は、叔父が身の丈六尺五寸の大男であることです。片や当時の私は身の丈四尺八寸

（約百四十五センチ）でした。まともに戦っても勝てる相手ではないのは明白です。

二つ目は、石清水八幡宮の本殿のふもとの周りは叔父の家人達が、本殿を囲う塀の周囲は常に悪僧達が警固していることです。叔父を殺した後に逃げ出そうとしても、彼らに見つかって捕らえられては元も子もありません。

三つ目は、刀だけしか武器を調達できなかったことです。弓矢があれば遠くから叔父を射殺せるのに、刀では面と向かい合って戦うしかありません。なので、返り討ちに遭う危険が高いです。

四つ目は、折悪しく叔父が参拝に来た当日に、二尺もの雪が降り積もってしまったことです。ただでさえ、叔父のお供と悪僧達に包囲されているも同然の石清水八幡宮から逃げ出すのに苦労しそうなのに、これに雪による足場の悪さが加わっては、到底逃げ切れそうにありません。

今にして思えば、これら四つの障害は、天が私に叔父殺しという悪逆の罪を犯すことを思いとどまれと戒めた兆しのようでした。

しかし、あいにく当時の私は、何が何でもこれら四つの障害を乗り越えて叔父の息の根を止めてやろうと息巻くばかりで、まったく意に介しませんでした。若気の至りやら血気盛んとやら言うより、一つの考えに執着し、他のことを考えられなくなっていたのです。

ただひたすら、叔父の首を取る。

この一点だけに私は執念を燃やしておりました。

そして、この我武者羅（がむしゃら）な思いを成功させるために、千思万考の計略を巡らせました。

我武者羅と千思万考とは真逆の心情ですが、不思議なことにこの時の私の中では何ら矛盾することなく同居していました。

執念と知略。

この二つが結実した時、叔父殺しは成就したのです。


叔父が石清水八幡宮の参拝に訪れた当日。

朝から鈍色（にび）の空が広がり、ほどなくして雪が降り始めました。

雪はやむことなく、夕方には二尺にまで降り積もっていました。

石清水八幡宮に仕える神人（じにん）（下級神職）達が、夜の参拝に向けて昼から一生懸命に石段や参道の雪を箒（ほうき）で掃いて通れるようにしていました。

そして迎えた、夜。

雪はようやくやみましたが、風が出てきました。

境内に灯（とも）された篝火（かがりび）や石灯籠（どうろう）に灯された灯（あか）り、社殿の吊（つ）り灯籠の灯りで、夕闇の頃ぐらいの明るさに包まれた石清水八幡宮本殿に、叔父は一人で向かいました。

本殿の警固をする悪僧達に一礼をした後、門を通って叔父が本殿に入った後、何やら話し声が密やかに聞こえたでしょうが、悪僧達には夜風に紛れて切れ切れにしか聞こえないか、あるいは木々の葉擦れの音と思って気にも留めなかったでしょう。

そんな彼らでしたが、突如夜の闇を切り裂くように聞こえた笛の音には気がつきました。

顔を見合わせ、いったいこんな夜中に誰が笛を吹いたのか、不思議がったはずです。

この笛の音は、本殿のふもとにある三ノ鳥居に控えていた叔父の家人達の耳にも届きました。

彼らもまた、同様に顔を見合わせて不思議がっていました。

しかし、それも長くは続きませんでした。

鳥居から延びる参道の先、すなわち本殿のある男山の方から、聞き捨てならない声が聞こえたからです。

「親の仇（かたき）を討ち取ったぞ」

それは、少年の絶叫でした。

本殿には叔父しかいないので、少年がいるはずはありません。

しかも、身の丈六尺五寸の大男である叔父を、少年が討ち取るとは到底考えられません。

最初に当惑、次いで半信半疑になりながら、叔父の家人達は本殿を目指したに違いありません。

そして、叔父の家人達は、見たことでしょう。

すでに本殿に駆けつけていた悪僧達と共に、血に染まった雪を。

本殿に上がる階段の脇に、背中を刀で一突きされ、首を斬り落とされた叔父の屍（しかばね）が横たわっている有様を。

死してなお、愛用の竜笛を右手に握りしめたままの叔父を。

叔父の屍の周辺には、大きな足跡と小さな足跡の二つしかありませんでした。

つまり、小さな足跡の持ち主が、叔父を殺害したことに他なりません。

けれども、何度も申し上げますように、叔父は六尺五寸もある巨漢です。

そして、武士でもあります。

容易く背後を取られることもなければ、首を取られることもありません。

叔父を倒すともなれば、多くの者達がいっせいに襲いかからねば無理です。

それなのに、足跡が一つ、それも子どものように小さな足跡だけしか残されていなかったので、さぞかし彼らは混乱したことでしょう。

恐らく少年の声から察するに、叔父を殺害したのは私であると、すぐに見当がついたはずです。

ただ、わずか十三歳の稚児が、たった一人で巨漢の武士である叔父を殺せたとは、到底信じられなかったでしょう。

半信半疑ではあったでしょうが、どうにか私が叔父を殺したとしか考えられないことを受け入れた叔父の家人達が、悪僧達に私を捜し出し、自分達へ引き渡すように頼んだのは、ごく当然の流れだったでしょう。

地の利がある悪僧達に頼めば、この雪夜の中でもただちに私を捕らえられると思ったからです。

悪僧達も、自分達の目と鼻の先で人殺しが起き、本殿が血で穢されたことに腹を立てていたでしょうから、迷わずに引き受けたに違いありません。

こうして私こと六道丸捜しを引き受けた悪僧達は、雪が深く降り積もっているし、十三歳の少年が叔父の首を持ち歩いているのでは遠くへは逃げられないと考え、石清水八幡宮周辺を徹底的に捜しました。

ところが、すぐに見つかるはずの私は、なかなか見つかりません。

やがて訪れた暁の空の下、悪僧達が見つけたのは、石清水八幡宮の裏手を流れる木津川の河原に捨てられている、叔父の首だけでした。

私の姿は、どこにも見当たりません。

それもそのはず、私はその頃、石清水八幡宮の参拝を終えた人々と共に川舟に乗り、一路都を目指していたからです。

十三歳の私は、叔父殺しはおろか、二尺もの雪が降り積もった中、悪僧と叔父の家人に警固されていた石清水八幡宮からの脱走も、見事に成し遂げていたのでした。

*

「巨漢の叔父上をいかにして子どもだったあなたが殺害し、なおかつお供達や大勢の悪僧達の包囲を突破して逃亡に成功したのか……。これは難問ですね」

私の話を聞き終えるなり、成季様が腕組みをして考えこまれました。

「だけど、すごいや。多勢に無勢でありながら、まんまと叔父殺しを成功させたんだから」

恐らくずっと私の叔父殺しの詳しい話を知りたがっていた明けの明星は、頬を紅潮させ、声を弾ませます。

「悪い叔父だったのはわかる。だが、何も八幡様の境内で殺しをやらなくてもよかったんじゃないか」

仏師としての仕事柄、八幡宮が血で穢されたことを快く思えないのでしょう。運慶様が難色を示されました。

「ためらいなく人を殺す決心をしてしまうあたり、盗賊の心はすでに十三の子どもの頃からあったのだな」

慈円僧正様はそう仰られた後、御仏（みほとけ）の慈悲うんぬんと口の中で呟（つぶや）かれました。

「御言葉ですが、慈円僧正様。両親を殺された十三歳の少年が、叔父を殺すしか自分が救われる道はないと考えるほど追いつめられていたのですから、とても痛ましいことですよ」

家隆卿は、十三歳の頃の私を不憫がられます。

同情して下さるのはありがたいのですが、当時の私は家隆卿がお考えになったように、追いつめられた果てに叔父を殺したのではなく、殺すと決めたから殺したと言った具合に、ひどく浅はかで血の通った心もない、言うなれば考えなしの結果の叔父殺しです。我ながら、見下げ果てた性根です。ですから、不憫がられると後ろめたくなります。

「巨漢の叔父を背中の一突きで倒してから首を取った、か。これは、順番を逆にすれば謎ではあるまい。まず、小殿が直前になって手に入れられた薙刀を隠し持ち、本殿に参拝に来た叔父に一緒に笛を吹こうと誘って油断させ、叔父が肌身離さず持ち歩いている竜笛を取り出したところで、背後から首を斬り落とす。その後、屍となった叔父の背中に刀を突き刺す。こうすれば、あたかも背中の一突きで倒してから首を取ったのと同じ有様となる」

上皇様は、顎を撫でて考えながら、謎解きをお始めになられました。

ちょうど気まずかったので、謎解きに取り組んでいただけた方が救われます。

「そしてもう一つの謎である、悪僧達と叔父の家人達によって二重に警固されていた石清水八幡宮の本殿から、二尺もの雪が降り積もった中、いかにして見つからずに逃げおおせることに成功したのか、という方は、簡単だ。これまでの小殿のやり口からして、おおかた悪僧の一人に化けて逃げ出したのであろう」

どうやら上皇様は、これまで私が客人達にお出しした謎かけの話もお聞きになり、私のやり口を学ばれていたようです。

「上皇様、私が手に入れられたのは、先程申し上げました通り、刀だけで薙刀はありません。ただ、逃げた方法は当たっております。私は刀を手に入れたついでに悪僧の衣も調達しておき、それに化けて逃げ出しました」

上皇様は殺し方をはずし、一瞬機嫌を損ねられた御顔を見せましたが、逃げ方を見抜かれたことを知ると得意げに微笑まれました。

「すると残る謎は、殺し方と、雪が二尺も降り積もった場所から小殿がどうやって迅速に石清水八幡宮の本殿から抜け出せたかの二つだけになりましたね」

明けの明星が眉間に皺を寄せ、考えこみます。

「そうであった。小殿の話をよくよく思い出すに、悪僧達が木津川のほとりで叔父の首を見つけた明け方には、とっくに川舟に乗って都を目指していた。これはよほど迅速に行動していなければできないことだ」

上皇様も、眉間に皺をお寄せになられました。

「今回の話は、ところどころ伝聞と憶測で家人達や悪僧達の動きや心情を語っているところがあった。だが、本殿のふもとにある三ノ鳥居にいたはずの家人達の様子は、伝聞ではなしに語っている。そうなると、本殿で笛の音と小殿の絶叫が聞こえた直後に、小殿はふもとに来ていたことになる。これは、新たな謎だ……」

慈円僧正様が、私の細かな語りの違いにお気づきになりました。

「確かに。悪僧に化けた小殿が、本殿から抜け出して悪僧達に紛れこむ。ここまではいい。だが、参道を走って逃げたら、ふもとにいる叔父の家人達に見つかってしまう。ならば、山を下っていくしかないが、雪が二尺も降り積もった中を、大の大人が歩いて行くことすら困難なのに、十三歳の少年が歩いていくのは至難の業。まして、迅速にふもとまで下りるなんて無理な話だ」

運慶様は、首を傾げられます。

「吹雪の中を馬に乗った十三歳の少年武士が、落ち武者狩りに遭いながらも無事に逃げ切って生きながらえた話は聞いたことがあるけど、十三歳の小殿は徒歩だったから難しいね」

家隆卿は、初代鎌倉殿の源頼朝が平治の乱に敗れて落ちのびられた時の話を引き合いに出され、考えこまれます。根が優しいお方なので、悪童だった私の考えについていけないのでしょう。

「絶叫が聞こえる前に笛の音が聞こえたことが、迅速に逃げ出せたことと何か関係するのかな」

明けの明星が眉間の皺を深めていきます。

皆様が、額を集めて考えあぐねているのを見かねたのでしょう。

成季様が、大仰に両手をお挙げになりました。

「降参です、降参。いくら考えても、よい知恵がまったく浮かびません。申し訳ありませんが、答えを教えていただけないでしょうか」

私は阿吽の呼吸で応えました。

「承知いたしました。それでは、種明かしといたしましょう」

*

松明を片手に叔父がやって来るのを認めるや否や、本殿に身を潜めていた私は姿を現しました。

本来ならば誰もいないはずの本殿に私がいたので、叔父は目を丸くしました。

「己の両親を死に至らしめた上に、所領を横領したそうだな、叔父上。じいやからすべて聞いたぞ」

　私の言葉に、叔父は驚きもしなければ怒りもしませんでした。

　ただ、侮った笑顔を見せました。

「どうりで、じいやが帰って来なかったわけだ。ああ、その通りだ。所領が欲しかったんで、奴らが邪魔だった。だが、容易く殺せたおまえを殺さずに石清水八幡宮に入れてやったんだ。おまえの命を所領で贖ったと思えば安かろう」

　叔父は、私が自分を倒せるわけがないと思っているので、勝ち誇って答えます。

「それで己に頭を垂れて感謝しろと言うのか。そんなのお断りだ」

　私は、叔父めがけて突進しました。

　叔父は一瞬、身構えましたが、私が刀を持っていないのですぐに油断した笑みを浮かべました。

　叔父は利き手に松明を持っていたので、すぐには本調子で動けないことを見越し、私は叔父が懐にいつも大切にしまっている竜笛を掏り取りました。

　私が逃げるように本殿の前に引き返した時は、まだ笑っていた叔父でしたが、私の手に竜笛が握られているのを見ると、不機嫌そうに顔を顰めました。

「どうせおまえはここで社僧になるしか生きていく道はないんだ。悪あがきはよして、俺の竜笛を返せ」

「己の所領を奪ったんだ。引き換えに竜笛を奪われても仕方ないだろう」

私はそう言って、本殿の階段と廊の間の床下へ竜笛を放り捨てました。

「子どもじみたいたずらをしおって」

叔父は、私が竜笛を壊すのではないかと思っていたところ、ただ放り捨てただけなので安心しながらも、また私を侮って笑みを浮かべました。

「今夜のことは見逃してやる。だが、二度と変な気を起こすんじゃあないぞ」

偉そうに言いながら、叔父は竜笛を拾おうと、犬のように這い蹲って本殿の床下へ手をのばしました。

叔父はこの時、完全に慢心し、油断していました。

私を虫けらか何かとしか思っていなかったのです。

そうでなければ、背中を見せることはなかったでしょう。

私は、すぐに本殿へ駆け上がると、本殿の廊にあらかじめ置いていた抜身の刀を手に取りました。

そして、叔父の広い背中めがけて刀ごと飛び降りました。

幼い頃には負ぶってもらった思い出もありますが、私から父母や所領を奪ったとわかった瞬間から、何の意味も持たなくなりました。

私の体の重さをかけたので、刀は面白いほど簡単に叔父の体を貫きました。

叔父は呻き声こそあげていましたが、言葉にはなっていませんでした。

それでも、声をあげられるということは、まだ息があるということです。

立ち上がって襲いかかってこられては、こちらがひとたまりもありません。私は急いで叔父の背中から離れました。

叔父は、竜笛を握りしめたまま、苦悶(くもん)の表情を浮かべていました。

咳(せ)きこむと、真っ赤な鮮血が口から溢(あふ)れ出し、雪を紅に染めました。

まだ息はあるものの、襲ってくる危険はないので、私はここぞとばかりに叔父へ言ってやりました。

「おまえの所領を命で贖ったと思えば安かろう」

先程私へ言ったことを丸きり逆にして言い返すと、叔父は苦悶の中にも悔しげな形相を浮かべました。けれども、それきり動かなくなりました。

さんざん私の人生を自分の思惑通りにしてきた叔父が、最後の最後には私にしてやられたので、胸がすく思いでした。

しかし、私にはまだやることがたくさん残っています。

まず、叔父の背中から刀を引き抜くと、叔父の首を斬り落としました。

刀を引き抜いた時、叔父の背中から血が吹き出たせいで、辺りの雪がますます血に染まり、見るも無残な有様でしたが、私は意に介さず、何度も刀で叔父の首を斬りつけ、どうにか斬り落とすことに成功しました。そして、自分の衣に叔父の首を包みました。

この頃には、私は全身が血塗(ちまみ)れになっていました。

知らない人が見たら、子鬼と恐れたに違いありません。

その証拠に、本殿に隠れていた田鶴丸は、ひどく怯えておりました。

「何を震えているんだ。ちゃんと己との約束を覚えているだろうな」

私は顔の血を雪で洗い落としながら、田鶴丸に話しかけました。

田鶴丸は震えていながらも、頷きました。

「六道丸の持ち物、全部くれる代わりに、やってほしいことがある……」

「よし、しっかりと覚えていたな。いいか。もしも誰かに見つかってここにいる理由を聞かれたら、己に脅されて連れてこられたと言うんだ。まあ、一番いいのは、誰かに見つかる前にここから退散することだがな。おまえも、衣や小銭よりも自分の命が大事だろう」

私は本殿に隠しておいた悪僧のいでたちに着替え、頭から白い衣を被ると、杣工の所から盗み出しておいた木馬に乗って、一目散に本殿のある男山から滑り出しました。

逃げる私の最大の妨げとなるはずだった二尺も積もった雪が、木馬によって最大の味方となった瞬間でした。

雪の中、白い衣を頭から被って木馬で滑り降りているので、悪僧達も叔父の家人達も、誰一人として私に気がつきません。

私はふもとに到着すると、すぐに木馬を乗り捨てて人けのない木立へ身を潜めました。

そして、逃げ出すにあたり、唯一持ち出しておいた篳篥を吹きました。

これを合図に、山頂にある本殿に残っていた田鶴丸が、約束を果たしにかかりました。

「親の仇を討ち取ったぞ」

そうです。

この絶叫を聞いて悪僧達と叔父の家人達が本殿に駆けつけた時、すでに私はいなかったのです。

私は、三ノ鳥居の下に留(とど)まっていた叔父の家人達が、半信半疑ながらも驚き、慌てふためきながら本殿を目指して駆け上がっていくのを、木立の陰から窺(うかが)っていたのです。

そして、辺りに誰もいなくなったのを見計らってから、悠然と石清水八幡宮を後にしたのでした。

私が叔父を殺すと決めた時、もう石清水八幡宮にいられないことはすでに悟っていました。ですから、叔父を殺した後にどうやって逃げ切るかを考えた時、身代わりを使ってまだ自分が本殿にいると周囲に思わせ、その隙に遠くへ逃げることを思いついたのです。

その身代わりとして私が目をつけたのが、田鶴丸でした。

欲深い彼なら、私の持ち物をすべて自分の物にできるといううまい話に即座に飛びつくはずです。案の定、理由も聞くことなく、私の頼みを聞き入れ、一緒に夜の本殿に隠れていたのでした。

こうして石清水八幡宮から逃げ出した私は、少しでも早く遠くへ行こうと、早くも荷物となり始めていた叔父の首と白い衣を木津川の河原に捨てて行き、悪僧の格好のまま参拝客の中に紛れこみ、都への川舟に乗りこんだのでした。

追手は、稚児の格好をしている私を捜しているので、悪僧の格好のままでいる方が安心できました。

川舟の中で、私は人のよさそうな中年女に話しかけられました。

「都へお使いに行くのかい。まだ若いのにえらいね」

「うん」

「だけど、気をつけなよ。都は安元の大火に続いて、今年は治承の大火があったから、だいぶ荒れていてね。盗賊達が暴れまわっていて危ないのよ」

盗賊。

この言葉は、私にとって天啓でした。

正直なところ、叔父を殺し終えた後の私は、うまく逃げおおせたこれから先の自分の身の振り方をろくに考えず、ただぼんやりと都を目指していただけでした。

都に逃れても、二度の大火の後で荒廃しきっているので、働き先を探し続けている最中に野垂れ死ぬかもしれない。

そんな不安すら抱えていました。

しかし、盗賊になれば、飢え死にする恐れはありません。

何しろ盗賊とは、自分が名乗りさえすれば、容易くなれるからです。

朝の日が次第に高くなり、川舟を明るく照らしました。

それに伴い、私の心も明るくなっていきました。

「お姉さん、いいことを教えてくれてありがとう。お礼に篳篥を吹くよ」

私は、石清水八幡宮から唯一持ち出してきた大切な宝物である篳篥を吹き始めました。

雪も川も朝日で黄金に染まる中、波飛沫(しぶき)と笛の音色と共に、参拝者と船頭の歌声が重なり合います。

やがて、川舟の行く手に東寺(とうじ)の五重塔が見えてきました。

都はすぐそこです。

私は、叔父の思惑による、ありとあらゆるしがらみから解き放たれ、ようやく自分の人生を生きられる喜びに浸りました。

*

私が話を終えると、明けの明星は頰を紅潮させて目を輝かせていました。

「わずかな仲間を利用して、仇討ちと脱出の両方を成功させ、自分の人生を生きられるようになってよかったね。小殿はやっぱりすごいよ」

明けの明星は、手放しで私を賞賛してくれます。

これから故郷の神社の別当となる明けの明星にとって、今夜が楽しい思い出になってくれれば、私も話した甲斐があるというものです。

しかし、今も時々思うのです。

川舟の中で私に声をかけた参拝客の中年女は、まさか善意から何気なく発した言葉が、数多(あまた)

の人の宝や命を奪った大盗賊の小殿を生み出したと知ったら何と思うのか、と。

「六道丸の頃のおまえさんに会ってみたかったものだよ。そうしたら、阿修羅像を作る時のよい手本になったろうに」

運慶様が、冗談とも本気ともつかない調子で仰ります。

「ここまで悪虐無道であった六道丸が、今は盗賊から足を洗って好々爺になっているのを見るにつけ、御仏の慈悲は確かに存在するのだな。栄西にもこの話を聞かせてやりたかった」

慈円僧正様は、重々しく仰せになります。仲が悪かった栄西様のことをお触れになる辺り、あくまで宗派の違いを快く思っていなかっただけで、心底嫌い抜いていたわけではないのが察せられました。

「十三歳でありながらも、叔父殺しの初志貫徹をする知恵と胆力。見事であった。まったく、小殿があと十五年若ければ、西面の武士に取り立てていたのだがな。実に惜しい」

後鳥羽上皇様は、私を高く買って下さったようですが、罪多き私には畏れ多いことです。

「悪人に虐げられた幼い人もまた、生きのびるためには同じ悪人にならねばならないとは、何とも悲しいことだ。もしも、六道丸だった頃の小殿に会っていたら、こんな悲しい道を歩ませないようにしたのに」

家隆卿は、またしても深く同情して下さります。

私は、申し訳なくなってきました。

私の紡ぎ出した悪因悪果に何ら責任のない家隆卿を悲しませていると思うと、胸が痛みます。

「よろしいのですよ。今この時に家隆卿や皆様に会えて、とても満足しております」

もしも盗賊だった頃の私に出会っていては、この素晴らしい方々が、ただの獲物にしか見えていなかったはずです。

そうなれば、宝も命も奪い取っていたことでしょう。

今の私には、そんなこと、とても耐えられません。

そう思うと、出会いもまた天の計らいと感じます。

「だいぶ夜が深まってきましたね。明けの明星、明日は早いので、そろそろお開きとしましょう」

成季様が明けの明星へ声をかけました。

明日は早いということは、すなわち出発が早いということです。

自分の年齢を鑑みるに、明けの明星とはこれで今生の別れになるでしょう。

私は、門の外まで見送ることにしました。

心地よい夜風が木々を揺らす中、明けの明星はじっと私を見つめました。

「小殿から色々な話を聞けたこの二年間は、吾の人生で一番楽しかったよ。ありがとう、小殿の話は吾の心の支えだった。おかげで、故郷で立派にやっていける自信がついた」

笑顔で見送りたいと思っておりましたのに、思わず涙がこみ上げてきそうになりました。

そんな私の様子など気づかず、明けの明星は深々と頭を下げたのでした。

遠ざかる明けの明星の背中を見送りながら、私はこの二年間に思いを馳せました。

明けの明星。

最後まであなたの本名を聞かずじまいでしたが、行く末がその呼び名の通り輝かしいことを、この地からいつまでも願っておりますよ。

盗賊時代の話を語ったことに対し、明けの明星が心の支えとなったと言ってくれたことで、私も自分の悪因悪果が少しは善果に転じられたように思えて、救われた気分です。

星月夜に照らされた明けの明星の姿は、まだ悪因悪果の暗い道の只中にいる私とは違い、光明を見出して新たな門出へ果敢に進みゆく姿にも見えました。

建保七年（一二一九年）一月二十七日。
鎌倉鶴岡八幡宮（つるがおかはちまんぐう）にて、三代将軍源実朝が暗殺される。
下手人は、実朝の甥（おい）、鶴岡八幡宮別当の公暁（くぎょう）。
都での呼び名を、明けの明星といった――。

◇参考文献

阿部猛『盗賊の日本史』同成社　二〇〇六
有吉保「藤原家隆」和歌文学会編『和歌文学講座第7巻　中世・近世の歌人』桜楓社　一九七〇
伊井春樹『人がつなぐ源氏物語』朝日新聞出版　二〇二一
上横手雅敬・松島健・根立研介『運慶の挑戦』文英堂　一九九九
奥富敬之『吾妻鏡の謎』吉川弘文館　二〇〇九
川合康『日本中世の歴史3　源平の内乱と公武政権』吉川弘文館　二〇〇九
菊岡中むら・宮本卯之助商店・目白監修『はじめての和楽器メンテナンスブック』ヤマハミュージックメディア　二〇一四
黒田日出夫『姿としぐさの中世史』平凡社　一九八六
五島邦治監修／風俗博物館編『源氏物語と京都　六條院へ出かけよう』光村推古書院　二〇〇五
五味文彦『絵巻で歩む宮廷世界の歴史』山川出版社　二〇二一
五味文彦『殺生と信仰――武士を探る』角川書店　一九九七
五味文彦『全集　日本の歴史　第5巻　躍動する中世』小学館　二〇〇八
五味文彦『大仏再建』講談社　一九九五
繁田信一『孫の孫が語る藤原道長』吉川弘文館　二〇二三
新創社編『京都時代ＭＡＰ　平安京編』光村推古書院　二〇〇八
新藤透『図書館の日本史』勉誠出版　二〇一九
髙橋昌明『平清盛　福原の夢』講談社　二〇〇七
田中昭三『古寺巡礼②　東大寺』ＪＴＢ　二〇〇三
田中貴子『いちにち、古典〈とき〉をめぐる日本文学誌』岩波書店　二〇二三

田中恆清『謎多き神　八幡様のすべて』新人物往来社　二〇一〇
戸川点『平安時代の死刑』吉川弘文館　二〇一五
鳥越泰義『正倉院薬物の世界』平凡社　二〇〇五
永山久夫『イラスト版　たべもの日本史』河出書房新社　一九九八
根立研介『運慶』ミネルヴァ書房　二〇〇九
松尾剛次『鎌倉新仏教の誕生』講談社　一九九五
森重行敏編著／洗足学園音楽大学現代邦楽研究所監修『ビジュアル版　和楽器事典』汐文社　二〇一二
中田武司「専修大学図書館蔵　伝藤原家隆筆源氏物語系図」紫式部学会編『源氏物語と女流日記　研究と資料』武蔵野書院　一九七六
樋口芳麻呂『王朝の歌人10　後鳥羽院』集英社　一九八五
前田雅之『書物と権力』吉川弘文館　二〇一八
米田雄介『奇蹟の正倉院宝物』角川学芸出版　二〇一〇

◇参考史料

永積安明・島田勇雄校注『古今著聞集』岩波書店　一九六六
西尾光一・小林保治校注『古今著聞集　上・下』新潮社　一九八三／一九八六
高橋貢・増古和子『宇治拾遺物語　下　全訳注』講談社　二〇一八
五味文彦・本郷和人編『現代語訳　吾妻鏡6　富士の巻狩』吉川弘文館　二〇〇九
慈円　大隅和雄『愚管抄』講談社　二〇一二

※その他、インターネット上の記事など多数参考にさせていただきました。

◇初出

「真珠盗」「小説 野性時代」二〇二三年十一月号「盗賊小殿の種明かし」を改題

ほか全て書下ろし

羽生飛鳥（はにゅう　あすか）
1982年神奈川県生まれ。上智大学卒。2018年「屍実盛」で第15回ミステリーズ！新人賞を受賞。同作を収録した『蝶として死す　平家物語推理抄』で2021年デビュー。歴史小説と本格ミステリの融合を追求する新鋭。児童文学作家としても活躍している（齊藤飛鳥名義）。他の著作に『揺籃の都　平家物語推理抄』『歌人探偵定家　百人一首推理抄』などがある。

賊徒、暁に千里を奔る

2024年11月29日　初版発行

著者／羽生飛鳥

発行者／山下直久

発行／株式会社KADOKAWA
〒102-8177　東京都千代田区富士見2-13-3
電話　0570-002-301（ナビダイヤル）

印刷所／大日本印刷株式会社

製本所／本間製本株式会社

●お問い合わせ
https://www.kadokawa.co.jp/（「お問い合わせ」へお進みください）
※内容によっては、お答えできない場合があります。
※サポートは日本国内のみとさせていただきます。
※Japanese text only

定価はカバーに表示してあります。

ISBN 978-4-04-114657-6　C0093